U0814964

文治
© wénzhì books

更好的阅读

书与钥匙的季节

[日] 米泽穗信
Honobu Yonezawa 著
HANA 译

四川文艺出版社

目 录

Contents

913

1

图书馆里一片寂静。

三年级的图书委员彼此熟识，感情也很好，每到放学后，图书馆就成了图书委员会的游乐场所。室内总是充斥着言不及义的闲聊，有时还会玩玩游戏，直到关门时都充满了不绝于耳的欢笑声，但是到了六月，学长、学姐为准备考试而退出委员会之后，图书馆就失去了活力。

图书馆的气氛不再像从前那样热闹，一、二年级的图书委员都没了干劲，没值班就不来图书馆的人越来越多，甚至连值班的日子都会找别人来代班。有人感叹图书馆变得无聊了，但我不这么想。像现在这么安静的图书馆待起来很舒服，我也觉得图书委员仗着没其他人来，就在图书馆闹翻天实在不太对。

这天负责值班的是我和松仓诗门，整间图书馆里没有其他学生。明明没人来，还要两个人值班，感觉有些糟蹋人力，但是我和松仓在一起能很轻松地打发时间。我坐在借书柜台里望着静谧的图书馆，说道："是因为图书委员太爱闹才没人来，还是因为没人来，图书委员才变得那么爱闹？"

松仓正在打哈欠。他毫不顾忌地张大嘴巴，也没有临时收住，直到打完了哈欠，才眼角含泪地望着我。

"是哪一种都无所谓，反正我们又不需要招徕客人。"

他说得没错，所以我一句话都没有回答。

我和松仓是在今年四月图书委员会第一次开会时认识的。当然啦，我早就见过他了，因为高大、帅气的松仓本来就很引人注目，即使只是在走廊上擦身而过，也会对他留下印象。他看起来很擅长运动，感觉是个不太爱看书的人，所以我在委员会见到他的时候还有些讶异。

聊过之后，我发现松仓这个人挺不错的，他个性开朗又爱笑，损人的力道又恰到好处。他没有参加运动类社团，但小时候去过游泳训练班，成绩也在中上水准。虽然我把他说得这么好，仿佛他并非和我一样是高二学生，但他其实也有少根筋的时候。当图书馆被搞成游乐场时，他只会配合别人，从不带头嬉闹，感觉和我比较像，因此我很喜欢找他聊天。

松仓把手伸进还书箱。归还的书得在离校之前放回架上，大概是因为时间还很充裕，所以他做得慢条斯理。还书箱通常是空的，今天却有三本之多。松仓拿起最上面的一本，不知为何露出了苦笑。我凑过去一看，是丹·西蒙斯（Dan Simmons）的《海伯利安》。我没有看过这本书，而松仓不喜欢外国小说，所以他多半也没看过，但我明白他为什么会苦笑。果不其然，松仓说道："叫西蒙斯真的很怪。"

我一如往常地回答：

"会吗？我觉得还好啊。"

松仓很讨厌自己的名字，觉得叫作"诗门"是件很丢脸的事[1]。但我认识名字更难听的人，所以觉得这没什么大不了的。不过松仓提这件事并不是要征求我的附和。

"西蒙一看就像基督徒的名字，但我又不是基督徒，取这种名字太失礼了。"

"是吗？"

"等我长大以后就要改名。"

"你早就说过了。"

"我以后还是会再说。"

松仓的态度非常坚决，但是从另一个角度来看，这也表示

1 "诗门"的日语发音听起来像是"西蒙斯"。

他决定长大之前不改名。我之前问过他理由，他回答说，使用父母取的名字是孩子的义务。

从松仓的话中，我猜他的父亲已经过世了，他大概是因为对父母有一份责任感，才会继续忍受“诗门”这个名字。我没有直接向他证实这种猜测，今后应该也不会问。

我也不喜欢自己的名字，不过不像松仓那么严重就是了。我叫堀川次郎，因为我是次子，所以叫次郎。这个名字没有任何奇特之处，但我真希望父母取名时能更用心一点。

松仓把《海伯利安》放在柜台上，又从还书箱里拿出第二本，那是《新明解国语辞典》[1]。辞典是禁止外借的，可能是有人借去自习却忘了是从哪里拿的，不然就是懒得自己放回去。

第三本的情况很凄惨。

那是一本很旧的文库本，连书膜都没贴。岩波文库出版的《学徒之神：志贺直哉短篇小说选》。松仓一拿起那本书就愁眉苦脸地说：“真惨。”

封面中央被折得扭曲，书上还沾着干掉的污泥。

“怎么会搞成这样？”

---

1 《新明解国语辞典》是日本三省堂出版的一本日日辞典（日本称之为“国语辞典”），爱好者称其为“新解先生”，是日本许多高中指定用的辞典。

听到松仓这么说，我就随口附和道："可能是边走边看书，结果不小心跌进了泥里吧。"

"好活泼的阅读方式啊，这习惯真棒。"

"把图书馆的书弄得脏兮兮的还回来是很棒的习惯吗？"

"的确是过分了点。"

其实我们没有像嘴上表现得这么生气。虽然我们都有阅读的习惯，但还不至于把书奉为神明。把书带出去本来就有可能会弄脏、弄破，还好这不是很难买到的书，真是不幸中的万幸。

松仓迅速地翻页，检查内页的情况。

"怎么样？"我问道。

"还可以读。"

"我们是不是该把书擦干净？"

"的确。不过还有另一个问题。"

松仓把书脊转过来给我看，作者名字的下方严重磨损，标签也脱落了。

"破损得很厉害呢，这个应该要淘汰了吧？"

听我这么一说，松仓就一脸厌烦地皱起眉头。

"这不是我们可以决定的，如果事后有人质问为什么擅自把书丢掉就麻烦了。"

"说的也是。"

“总之，先补救看看吧。”

松仓在运动和课业方面都很优秀，但又意外地笨手笨脚。他犹豫地说了句“让我来弄的话多半会弄破”，所以就决定由我来修补。

要除掉污泥应该用湿布擦拭，但纸张又不能擦得太用力。我真希望有湿纸巾，可惜图书馆的借书柜台不会准备这种东西，所以我把厕所里的卫生纸沾水拧干，轻轻地在书上抹过。

稍微沾湿之后，再用干的卫生纸擦拭，然后我拿起来看了看。

“没什么变化。”我坦白地说出感想，松仓也点点头。

“这招似乎没用。”

“再擦下去就会伤到纸张了。”

“对了，我听说橡皮可以除去书上的脏污。”

听他说得这么轻松，我不免有点生气。

“你早点说嘛！”

松仓不以为意地说了一句“抱歉”。我等书上的水分完全干了之后，再照着他的建议拿橡皮来擦，确实干净了一点。

“还有破损的地方。如果放着不管，一定会越破越大。”

“把书膜贴上去就行了吧。”

“你听过这种方法啊？”松仓笑着说。

“我是突然想到的。”

一旦贴上书膜，就不能再撕下来重新修补了。我有点犹豫，但又想不出其他方法，于是从柜台的抽屉里拿出一卷书膜，剪下一小块，小心地对准磨损的部分贴上去。

我再次打量自己的成果。

“……噢，挺不错的嘛。”我忍不住自卖自夸，松仓也赞同地说：“干得好啊。”

虽然是突发奇想的方法，但破损确实变得不显眼了，只要再贴上标签，应该就完全看不出来了。标签这里就有了。贴标签和手巧不巧没有关系，而且松仓写字比我好看。

“标签就交给你了。”

听我这么说，松仓点点头，从抽屉里翻出标签，拿起圆珠笔。他依照日本十进分类法写上代表日本小说的分类号“913”，作者是志贺直哉（Siga Naoya），所以后面再加上“シ”（Si）。他把新标签贴在破损的书脊上，我再用书膜固定。

接下来只需要把这三本书放回架上，不用三分钟就能解决，除此之外，也没有其他的事情可以做了。图书馆里应该还放着扑克牌，但我和松仓都不打算把图书馆当成游戏室。我们在这里待了一个小时，连一个读者都没有。虽说这间图书馆向来是门可罗雀，但如此安静的日子还是很少见。

先耐不住无聊的是松仓。

“堀川，有没有什么事可以做啊？”

这里当然有很多事可以做。

“图书馆通讯的稿子最好早点写完，或者你也可以写逾期书本的催讨单。”

“你应该知道我问的不是这个。”

“噢，那你要写作业吗？”

松仓别过脸去，一副懒得理我的样子，但他还是喃喃地说：“算了，我来写催讨单吧。”

只要默默地埋首工作，就会不知不觉地到放学时间。

但是这一天并没有就这样结束。松仓正要拿出催讨单的用纸，一直关着的门打开了。我一看就知道那个人不是来还书的，因为我跟那个人很熟。

我轻轻点头说了声“你好”，松仓也做出类似的反应。

走进来的是不久前刚退出图书委员会的三年级委员，浦上麻里学姐。她的手中拿着两个小小的宝特瓶。学姐一看见我们两人，就露出戏谑的笑容，仿佛随时会眨一下一只眼。

“嗨，你们好像很闲嘛。”

有几位学长、学姐在退出之后还是会找理由回图书馆看看，不过我还是第一次看见浦上学姐回来。

浦上学姐比最后一次见面的时候晒黑了一点，齐肩的发尾稍微向内卷，眼睛似乎比平时显得更困，嘴唇亮晶晶的，似乎涂了什么东西，我忍不住一直盯着。

“如你所见，闲得很。”

我一说完，松仓就立刻补充：“我正打算写催讨单。”

“这样啊，那确实是很闲。”

浦上学姐靠在柜台边，把两个宝特瓶放在我们面前。是爽健美茶[1]。

“这是给你们的慰劳品。”

我虽然开心，但还是忍不住问道：“怎么突然对我们这么好？”

学姐笑而不答。松仓从口袋里拿出手帕，垫在凝结着水珠的瓶子下，把瓶子提起来。

“我看这不是慰劳品吧？是贿赂还是补偿？”

“被看穿啦？”浦上学姐爽快地回答，然后举起双手做出投降的姿势，“诗门还真敏锐呢。”

“因为你没理由请我们啊。”

“哎呀，真不可爱。你跟学弟、学妹相处得怎么样啊？”没

1　日本可口可乐公司旗下的茶类饮料。

有等他回答，学姐就压低声音，像是揭露秘密似的，“其实是这样的，我有些好事要分享。”

“跟我们？”

“嗯。”

这么说来，她是特地挑我们值班的时候来的吧。

“我冒昧地问一下，你们有没有兴趣打工？我想应该很适合你们。”

学姐口中明明说着“你们”，但不知为何眼睛一直盯着我。松仓插嘴说：“感觉很可疑哦。”

“或许吧。不过听听看也无妨啊，难道你们一点兴趣都没有？有这么忙吗？”

“也不至于啦。”

“那就听听看嘛。”

学姐完全不把我们的质疑当一回事，不等我们答应就直接说：“是关于我家里的事……我爷爷已经过世了。”

“这样啊……”

“啊，他已经过世很久了，别露出那种同情的表情啦。我爷爷人很好，但是有时候太过谨慎了，让我们很困扰。这件事说起来有点不好意思……”

虽然学姐嘴上说不好意思，表情却很开心。

“他过世时保险箱还是锁着的。”

“保险箱？”

“是啊。大概这么大。”学姐张开双手比出保险箱的尺寸。这么大的保险箱，应该装得下一个人吧。学姐接着做出转动转盘的动作：“那个保险箱是数字转盘的款式……你们应该猜到我要拜托你们什么了吧？”

我心想不会吧，对她说：“难道你想让我们找出保险箱的密码吗？”

“答对了！”学姐粲然一笑，竖起拇指。

松仓说出了我心底的话：“你是在开玩笑吧？”

“我哪里像是在开玩笑？”

“第一点是‘爷爷留下了锁住的保险箱’，第二点是让我们去开锁。”

学姐听了之后沉默不语，过了一阵才挤出笑容说：“什么事都有可能发生嘛，爷爷又不是故意让我们打不开保险箱的，只不过事情发生得太突然，所以来不及把密码告诉我们。”

学姐的笑容显得很落寞。

但是没过多久，她就眼睛发亮地探出上身：“我会来找你们帮忙，是因为你们以前也破解过密码。你们还记得吧？真的很厉害啊，所以当我知道开不了锁的时候，就立刻想到你们了！”

“啊……”松仓叹息似的点点头。

如同浦上学姐所说，我和松仓以前确实破解过密码。图书委员会平时很少聊到书的话题，那一天不知道是在聊什么，某位学长拿出江户川乱步的短篇《黑手组》问大家：“谁解得开这个密码?”我和松仓的兴致都来了。我们没有当场解开，但松仓在放学之前找到了破解的关键，因此我们在黄昏时的图书馆里出了一次大大的风头。

“那个……只是误打误撞啦。”

“误打误撞也好，反正本来就打不开，猜对了就算是捡到的。”

我开始有点兴趣了，但松仓还是苦着一张脸，似乎不太情愿。

“你说那是数字转盘式的保险箱?也就是说我们得一直转动转盘，直到找出正确的数字。一个一个试太无聊了，也不知道要花多少时间。”

“你真迟钝。又不是叫你们乱猜，我当然会提供线索啊。”

说的也是，既然学姐是因为我们破解了小说中的密码才来找我们的，她的手上当然有线索，可能是暗号之类的东西。

“总之，你们愿意挑战的话，我就请你们吃晚餐，若是打开了保险箱，我会视里面放的东西来决定给你们多少酬劳。”

说到这里，浦上学姐露出了狡黠的笑容：“我可要先告诉你们，我爷爷挺有钱的哦。”

2

由于浦上学姐巧舌如簧，我和松仓真的答应去挑战“打不开的保险箱”了。

周日下午两点，我和松仓一起坐在浦上家的客厅里。他们家的坐垫又厚又柔软，反而令我坐得很不自在。面前那张泛着乌黑光泽的桌子好像也很贵，穿着柔媚西装的浦上学姐就坐在桌子对面。我穿的是精心挑选的polo衫，但我总觉得穿普通T恤的松仓看起来更有格调，是我想太多了吗？

壁龛里挂着一幅老人登山的水墨画，那个大花瓶似乎也很值钱，但里面没有插花。我看着栏间[1]精细的龙形雕刻，说道：“学姐，你们家的房子真是不得了。”

“有吗？”浦上学姐歪着脑袋，“只是比较老旧吧。还是你看到了什么贵重的东西？”

“没有啦，我也不太懂。”

我和学姐闲聊之时，松仓一直没有开口。他对这件事好像还是没什么兴趣。我跟他说过“不想去的话我一个人去就好了”“不

1　门楣和天花板之间的雕饰隔窗。

用勉强”之类的话，但他只是含糊地回答“不会啦”，最后还是跟着来了，可是来了又一直板着脸，真搞不懂他在想什么。

格纹的纸门“唰”的一声打开了，一个女人单手拿着托盘站在门前，我不知道她是谁，只觉得她长得和浦上学姐有点像。她穿着及膝的裙子和樱花色上衣，不像是做母亲的年纪。学姐说：“谢谢你，姐姐。”

被她称为姐姐的人朝我们两人瞥了一眼。虽然只是短短的一瞬间，但她的目光非常锐利，如同在对我们评头论足。虽说是学姐叫我们来的，但她看到两个男生在星期日来访，会有这种反应也不奇怪。

托盘上放着茶壶和茶杯。她一边把茶杯放在我们面前，一边笑着说：“听说麻里对你们提出了奇怪的请求。假期还这么麻烦你们，真是不好意思。”

她的语气十分甜美，看来她已经知道详情了。

“不会啦，可能还帮不上什么忙。”

“哎呀，别这样说，请一定要尽力，我也很期待呢。请慢用。”

她没有继续待着，一说完就离开了客厅。学姐牢牢地盯着她离去，然后对我们露出一副受不了的表情。

“不好意思，可能是我表达得不够好，姐姐似乎期待很高。你们轻松一点，别太在意。”

一直沉默不语的松仓喃喃地说道："她似乎很在意保险箱里的东西。"

他的语气有些讽刺，因此听起来像是在说"她似乎很爱钱"。

"那可是爷爷的遗物，我也很想快点看到。"

还好学姐对他的揶揄没有表现出介意的样子。我松了一口气，又觉得松仓今天确实怪怪的。

学姐帮我们两人倒茶。我本来以为初夏不适合喝热茶，不过或许是因为有些脱水，茶水入喉意外地舒服。看这房子如此豪华，我还期待他们会端出多么名贵的茶，喝起来却觉得很普通，那廉价的味道感觉还挺熟悉的。学姐也喝了茶，但她只喝了一小口。

"言归正传。"她开口说道，"劳烦你们特地跑一趟，真是不好意思。如果有明确的线索能直接拿给你们看就好了。呃……该从哪里说起呢？"

她的视线在半空游移。

"……嗯，就从这里说起吧。我小时候很黏爷爷，爷爷也非常疼我。上高中之后，我穿制服去给爷爷看，他非常高兴。不知道是什么时候，他说过这样的话：'爷爷要给你一些好东西，等你长大以后再来这个房间看看，一定会发现爷爷要给你的礼物。'

"我当时只是随便听听，因为我以为等我长大以后爷爷还在身边，可是他走得那么突然，让人措手不及，我回过神来才想起他留下了这个打不开的保险箱。”

不知道学姐有没有发现，当她提起爷爷的时候，无论她表现得怎么开朗，语气还是比平时沉静一些。

我思索着她爷爷留下的那句话。“要给你一些好东西。”“长大以后再来这个房间看看。”我环视着设有壁龛的和室，问道：“这里就是他说的房间吗？”

学姐摇头说：“他说的是书房，等一下我就会带你们过去。”

“保险箱在那里吗？”

“嗯。”

我心想，既然如此就快去看啊。但是仿佛根本没在听的松仓却突然说：“我有问题。”

他头都没抬，盯着茶杯说：“你刚才说‘不知道是什么时候’，是想不起来了吗？”

“啊？什么？”

“就是你爷爷说出那句话的时候。还有一个很失礼的问题，我不知道该不该问……你可不可以告诉我，你爷爷是什么时候过世的？”

“哦，你问这个啊。”学姐点点头，思考了一下，“嗯……他对我说出那句话是在我高一那年的夏天，大概是两年前。爷爷是今年过世的。”

“我知道了。那奶奶呢？”

“我奶奶？我没见过她，我出生时她已经不在了。”

“……还有一件事。”松仓的目光依然盯在茶杯上，“你爷爷说‘等你长大以后就会知道了’对吧？”

“嗯。”学姐勉强挤出笑容。

“这说法真奇怪。”但松仓并没有抬头看学姐，“那你耐心地等到长大不就好了吗？”

这句话似乎有些挑衅的意味。

不过浦上学姐没有发怒，反而很冷静地回答：“说是这样说啦，但我又不确定他指的是二十岁就能喝酒那种具体的意义，还是抽象的、心智上的意义。我的个性可是这个样子呢。”

她在极短的一瞬间露出了自嘲的笑容：“如果是心智上的意义，什么时候才算长大呢？再说，如果我没有成为爷爷期待的那种大人，不就永远打不开保险箱了吗？我才不要呢。”

“但是你爷爷不希望在你长大之前把保险箱里的东西交给你吧。”

“爷爷已经无法判断我是不是长大了。我现在就想看嘛。如果那东西对现在的我来说还太早，只要再把东西锁起来就好啦。”

我觉得他们两人说得都有道理。如果学姐连自己“是否长大了”都不确定，应该没有资格得到保险箱里的东西，但我也可以理解她不想被已死的人困住，不想继续等待不知道何时到来、也不知道究竟会不会来的那一天。

我试着说服松仓：“松仓，我们也不是大人，这样说对学姐来说有些不好意思，但我们多半是打不开保险箱的。只是看看也无妨嘛。”

我还以为松仓会反驳，因为他对素未谋面的浦上学姐的爷爷似乎怀着一份责任感。

不过松仓望向我，很爽快地回答：“说的也是。”

我松了一口气，拿起茶杯喝茶。话说回来，这茶的味道真的好熟悉。

3

我们沿着围绕在建筑物外的檐廊从客厅走到书房，因为挡雨门打开了，所以庭院看得很清楚。院里有一个水池，但水色很深又混浊，或许以前都是由爷爷负责整理庭院的吧。

浦上家整个都是日式风格，但书房门却是平开式，掉色的黄铜门把显露出历史的久远，厚重的门扉充满了私人空间的味道，让人不敢随便打开。

浦上学姐当然没有表现出丝毫的忌惮，直接打开了门。

“进来吧。”她招呼着我们说。

室内铺着深紫红色地毯，除了门之外，窗子也是西式的，挂着厚厚的窗帘，房间中央摆着一张扶手躺椅，包括这张椅子、墙边的书桌，以及盖满整面墙的书柜都是统一的深褐色调。壁纸是苔藓绿，整体风格很稳重，可以清楚地看出主人的品位。房间里没有灰尘，可能还是有人经常打扫，但是在这种季节依然整天关着门窗，所以湿气有点重。

保险箱放在书桌旁边，整个都是黑色的，把手和门把一样是掉了色的黄铜，数字转盘大约和我的掌心一样大。这的确是个严密得令人安心的保险箱，但打不开的时候可就头痛了。

“你爷爷说你长大以后进这个房间，就能打开保险箱，没错吧？”

我又确认了一次，学姐点点头，但松仓在一旁插嘴说：“不对，他说的不是‘能打开保险箱’，而是‘能发现爷爷要送她的礼物’。”

“是这样吗？”

“是啊，这是刚才学姐自己说的。”

我不禁仔细地盯着学姐看。被松仓这么一说，我也觉得之前听到的好像是这样。这么说的话，学姐的爷爷留下的那句话就不见得有保险箱密码的线索了。

学姐露出苦涩的表情，像是被戳中了痛处："嗯，的确是这样。"

松仓打量着从天花板到地毯之间的每一处，接着说道："打个比方，或许他要送的礼物不是放在保险箱里的东西，而是那张扶手椅。那是北欧进口的复古家具，坐起来很舒服，但是要等到你长大之后才会了解它的真正价值……"

我仔细观察那张椅子，椅背做得相当优美。松仓提起椅子只是打比方，却格外地有说服力。

学姐露出不服气的表情，像是随时会跺脚的样子："怎么可能嘛！难道保险箱和礼物完全无关，只是不巧遗失了密码吗？哪有这么巧的事！"

"学姐自己也说过'什么事都有可能发生'嘛。"松仓神情轻松地说着，但他轻轻摸着保险箱，又补上一句，"其实我也觉得礼物应该和保险箱有关啦。"

我不敢看学姐现在的表情，就对着保险箱蹲下。

转盘上刻着0、10、20……一直到90的数字。蹲在旁边的松仓说出了我看到的情况："数字有一百个。"

我以为他正在仔细观察保险箱，却听见他喃喃地说着："是三枚座或四枚座吧。”

“你说什么？”

“一般的保险箱。”

松仓应该还是在叙述他看到的情况。他多半察觉到了我的不耐烦，就笑着补充说：“三枚座指的是有三组密码，四枚座则是四组。”

“这样啊。”

我们是蹲在地上小声交谈，学姐应该听不见。虽然松仓似乎不太喜欢这份工作，但我还是像平时一样问他：“你怎么看？”

都到了这个地步，松仓也不再抱怨了。

“该找的是‘长大以后会知道的东西’。”

“谁知道那是什么东西啊？”

松仓露出坏坏的笑容：“搞不好这世上有一种大人才看得见的墨水哦。若真是如此，我们就只能放弃了。”

“太离谱了。”

“等我们长大以后就会发现其实到处都有这种墨水。”

“太离谱了。”

“再翻开课本来看，就会发现书上用这种墨水写着‘……大家都觉得是这样，如果你发现是错的也别说出来’。”

“太离谱了。你认真点啦。”

“我们该找的是有信息的地方。”

松仓突然转变话题，我完全跟不上：“啊？你说什么？”

“信息。”松仓看着保险箱的转盘说道。

“信息的关键在于‘差异’。一张全白的纸不带有任何信息，纸上印满整整齐齐的黑点也不算是信息，如果某些地方黑点多，某些地方黑点少，那就是信息了。”

原来如此。要这么说的话……

“……如果除了黑点之外还有线条，就成了莫尔斯电码。”

“说得没错。”

松仓点头时没有再板着脸。可能是我迅速理解了他迂回的比喻，令他心情变好了。

我志得意满地继续引申：“这保险箱整个都是黑的，所以不会带有信息。”

“如果用只有大人看得见的墨水……”

“别再扯那个了。地板、天花板、墙壁也都没有。”

“说不定有哦。”

“我都说了别再扯那个。”

但是松仓摇摇头说：“不，仔细找找或许真的找得到。譬如墙上有图钉排列的痕迹，或是地毯下藏着字之类的。”

这只是理论上的猜测，松仓自己也一定不觉得会有这种东西。因为……

“学姐的爷爷说过‘走进房间就会发现’。”

松仓再次满意地点头：“没错。所以线索一定不是写得很小的字，也不会很隐秘。”

“不过……”我蹲在地上，回头看着学姐，“学姐，你的爷爷过世后，应该没有人动过这房间的东西，或是把什么东西带出去吧？”

学姐玩着头发，一副百无聊赖的样子。她没有停止动作，说道：“没有。这个房间是爷爷专用的。”

既然如此，我们要找的信息应该还留在房间里。

保险箱整个都是黑色的，家具也是清一色的深褐色，扶手椅的椅背有精致的藤蔓雕刻，但找不出任何有意义的图案。

看来能找的地方只剩一个了。

那就是这个房间里最显眼的书柜。

书柜占了一整面墙，高度将近两米，总共有六层，每一层都被塞得满满的，连一本书的空间都不剩。

松仓说要找带有信息的地方，所以我们该找的当然是书柜，但我也知道他为什么不直接说出来……因为书太多了，可以的话，我也想拖到最后再找。

刚才的对话不完全是废话，能够排除写得很小和隐藏起来的信息，对我们很有帮助。也就是说，信息不会随机夹在几百本书之中的某一本里，因此我们不需要把每一本书都拿出来检查。大概吧。

我突然想到一件事："松仓，来找书吧。"

"怎样的书？"

"书名是《长大以后要读的书》。"

他回我一个无力的笑容："你在说什么蠢话啊？"

接着我们开始观察书柜里的书。

最上层放的是与和歌相关的书籍，包括《万叶集》和《古今和歌集》，以及和歌赏析之类的著作。

第二层放的是本地的历史资料，最显眼的是放在书箱里、书脊以墨水写着《北八王子市通史》的三册书。书箱的状态很完整，没有损伤也没有扭曲，不知道是保存得很好，还是从未拿出来看过。

第三层和第四层放的是小说，大多是全集，而且都放在书箱里，包括司马辽太郎全集、山本周五郎全集、子母泽宽全集、海音寺潮五郎全集，一眼就能清楚地看出浦上学姐爷爷的品位，清楚到令人有些尴尬。不过并非全都是小说，还有些杂七杂八的书挤在一个角落。

第五层放的是辞典和工具书，日语辞典当然是少不了的，此外还有英日字典、日英字典、植物图鉴，甚至包括季语辞典和历史用语辞典。

全部看完之后，我开玩笑地说：“真奇怪，没有《长大以后要读的书》呢。”

“你真的认为有这本书吗？”

“是啊。”

“其实我也是。”

我们说完就相视而笑。浦上学姐不耐烦地念念有词，但我没听清楚她说了什么。

松仓随即正色说道：“嘿，看这里，你怎么想？”

他指的是书柜的第三层，塞在小说之中的那堆杂书。我对那一区也有点在意。

“书柜里面还放了书柜呢。”

“就是啊。”

深褐色的书柜里放着卡其色的书柜。与其说是书柜，其实更该称为箱子，但我觉得那只是用来代替书挡的。

“只有这里特别奇怪。”

与其说是奇怪……

“风格不太一样。”我说。

箱子里放的是实用书，在一堆小说全集之间夹杂着《简明商法》《日本的观光·世界的观光——超越“旅行代理店”》《今日放牧业》等书籍，看起来确实很突兀，而且每一本的书脊都是五彩斑斓的，全是褐色与卡其色的书柜里只有这一区色彩缤纷。

“要说风格不一样也没错……”松仓歪着头说，“一看这书柜就看得出主人的性格了。”

“的确是。”

松仓凝视着书柜，自言自语似的说：“学姐的爷爷对和歌、地域史和时代小说很有兴趣，这一看就知道了。可是这种人的书柜里为什么会有《概率论概说》呢？”

然后他转头问学姐：“学姐，我再跟你确认一次，你们真的没有动过这房间里的东西吗？”

“嗯。”

“那么这书柜也是一直保持原状了？”

学姐犹豫了片刻，不太肯定地点点头：“应该吧，我们又没理由动这些书。”

“是吗……”

松仓摸着下巴沉吟。我知道他为什么如此在意这个箱子，在整理得一丝不苟的房间里，只有这个箱子和其中的东西特别不一样，特别引人注目，完全符合松仓所说的信息。学姐望着陷入沉默的松仓，对我说：“那个……我得告诉你们一件事，可能不太重要啦……我想那些应该不是爷爷的书。”

“是吗？”

“嗯。因为上面贴着‘要归还’的便利贴。”

松仓抬起头来：“便利贴？在哪里？”

“呃……不知道放到哪儿去了。”

刚才她还信誓旦旦地保证没碰过这房间里的东西。我忍不住翻白眼，松仓也露出不悦的表情。学姐似乎看我们的反应不太顺眼，挑起眉毛说：“有什么办法嘛，我们也是很努力地在找线索啊。只不过是少了一张便利贴，反正我还记得内容，应该不要紧吧。”

松仓冷冷地说：“不要紧，只要没有更多东西不见了。”

松仓今天真的很奇怪，他明明可以选择委婉一点的说话方式，不知为何却好像处处和浦上学姐过不去。我在旁边都听出来了，学姐一定也心知肚明。她张开了嘴巴，准备说话。

浦上学姐不像是有耐心的人，就算图书委员的工作没做完，她照样想玩就玩、想回家就回家，非常地自由奔放。可是学姐现在却把嘴边的话吞回去，轻轻叹了口气，像是在努力保持镇静。

“……我知道了。我现在想不到还动过什么东西，如果想到了再告诉你们。”

松仓似乎觉得很意外，只回答说：“那就拜托你了。”

这时我突然意识到因关闭窗户渗进来的热气而被忽略的某种生理需求。

“那个，学姐……”

“又怎么了？”

“没有啦，那个……”

这事非说不可，我还是不禁害羞起来。

“不好意思，可以借一下洗手间吗？”

学姐板起了面孔：“现在？”

她大概还是被松仓的态度惹火了，话中若有若无地带着怒气，让我听得心底一阵凉，不过学姐随即露出尴尬的神情，像是为自己的表现感到羞愧。

“啊，抱歉。我带你去吧。”

学姐瞄了松仓一眼。松仓依然在摸着下巴思索，看都没看我们。

“往这边走。”

学姐领着我走出书房。

去洗手间的途中经过了我们刚才喝茶的客厅。学姐隔着纸门说了一声“拜托了”。

就算这间房子很大，也不至于大到像城堡一样，我觉得只要告诉我洗手间怎么走就好了，但学姐却一直领着我，还不断地回头确认我跟在后面。

屋内到处都静悄悄的。走廊的墙壁是砂壁，天花板附近黏着蜘蛛网，木质地板走起来嘎吱作响，明明是白天却暗暗的，虽是初夏却有点凉。我刚才在书房里完全没有注意到这些事。

去洗手间的路确实颇复杂。学姐在那扇崭新的侧滑门前随手一指。

“就是这里。”

那扇门还很新，可以看出厕所改装过。我在明亮的LED灯光下，坐在西式马桶上解决生理问题时，还想着书房里的情况。书房里最令人在意的就是那沉甸甸的保险箱，以及遮满整面墙的书柜。既然保险箱找不出异常，关键信息应该还是在书柜里，以及那个被我们说成“书柜中的书柜”的“箱子”。

冷静地想想，我们先前到底在找什么呢？虽然我们扯了一大堆关于“长大以后会知道的东西”，但真正该找的是保险箱的密码。若真是像松仓说的三枚座、四枚座，那数字应该有三组或四组。

“难不成是……”我自言自语。

上完厕所，洗过了手，我一边担心能否顺利回到书房，一边走出洗手间。

浦上学姐就站在门外等我。

我不由得“咦”了一声。学姐带我来洗手间也就算了，没想到她竟然会在外面等到我上完。我还以为学姐会说几句玩笑话，但她只说了句“我们回去吧”就转身往回走。真是令我摸不着头脑。

跟着学姐回到书房后，我发现除了松仓以外，还有一个人。

那人是个穿着奶油色上衣的中年女性，虽然长得和学姐不太像，但我一看就知道她是学姐的母亲。她和松仓好像都没开口，书房里弥漫着尴尬的气氛，松仓一看到我们回来就明显露出安心的表情。

“咦？妈妈？姐姐呢？”学姐问道。

“在打电话。”她只是简短地回答，又堆满笑容地对我们说，“打扰你们了。”然后她就离开书房了。松仓微微点头行礼，看着她走出去，然后歪着脑袋望向我，像是在说“她到底是来干吗的？”我也觉得奇怪，但我有更重要的事要说。

“喂，松仓，我突然想到一点。”

“哦？”

“箱子里的书贴着‘要归还’。是要还到哪里呢？”

“这个嘛……应该是借书给他的人吧。”

松仓越说越小声。这书柜的主人不像是会看《概率论概说》的人，会借这本书回来也很奇怪。我从书柜上取出《概率论概说》，说道：“难不成……难不成是417？”

“417？”松仓皱起眉头，一副不明白的样子，但很快就睁大了眼睛，大声地喊道，“啊！是那个啊！”

“你怎么看？”

“有可能……不，大有可能。真厉害啊，堀川，你是怎么想到的？”

浦上学姐看到我们兴奋的模样，立刻加入了对话：“什么什么？怎么回事？你们发现什么了？”

我转过头去，脸上想必充满了喜悦：“我只是想到有这种可能，不过……”

但我没有机会把话说完。

“还不确定。”松仓打断了我的话，“堀川发现了一个关键点，但现在还不能确定。喂，堀川，还是得先查一查吧？”

“嗯，也是啦。”

“从这里去车站前的图书馆大概要十分钟，找到答案再回来吧。”

学姐非常不满：“哎哟，为什么现在不告诉我？”

我发现松仓先前那讽刺的神情已经消失了。他愉快地笑着说：“这个嘛……惊喜当然要留到最后啊。”

4

浦上学姐的家位于道路狭窄的住宅区，现在是周日下午，时间也不是很晚，路上却完全看不到人。

“话说回来……”松仓把手插在口袋里走着，突然开口说，“亏你记得那些东西。”

“图书馆也有数学类的书嘛。”

对话在此中断了一下。

初夏的风还有些凉，两旁民宅的石墙里面已经开出了绣球花，附近一带都静悄悄的。

我有一件事还没想通。《概率论概说》代表的数字是417，但保险箱转盘上的数字是0到99。

“保险箱的密码是二位数，或许要用到的只有41吧。”

松仓一听就笑着回答：“不对，三位数都需要，因为打开保险箱的方法是‘把转盘转六圈，经过41六次，第七圈停在41’。”

“哦？我都不知道。”

“往右转或往左转也是重点。”

“原来如此。该往哪边转呢……”

“你看看这个，这是书柜上排放的顺序。”松仓从口袋里拿出一张小纸片，上面有他工整的字体所做的记录。

内山和典《日本的观光·世界的观光——超越“旅行代理店”》

佐藤俊夫《概率论概说》

浮田夏子《简明商法》

狭川信《今日放牧业》

原来如此。

“既然有四本，那就是四枚座了？转动的方向也知道了，接下来只要照着书的排列顺序来转就好了吧？”

“应该吧，只要学姐她们没有动过这些书的位置。”

他的话中依然带着刺。

我和松仓是今年四月才认识的，所以我不敢说自己多了解他，但他今天真的有些奇怪。一开始我以为他只是懒得挑战根本不确定能否破解的密码，但如今已经找到破解法了，他还是一副不痛快的样子。

我忍不住问了："你为什么不告诉学姐？"

松仓稍微挑眉。

"嗯？你很在意吗？"

"这个嘛，多多少少啦。"

我正要说出密码的破解方法，松仓就拉我出来，不让我说下去。我看得出松仓的用意，但我不知道他为什么要这样做。

松仓无神地抬头仰望。天空飘着几朵积云。

"我本来想找个地方坐下来慢慢说的……算了，也罢。"

"你果然有话要说。当场说不就好了吗？"

我嘴上这样说，但我也知道松仓保密至今的理由，他不想让浦上学姐听到。松仓没有转头看我，他面无表情，好不容易开口说话时，语气也是淡淡的。

"喂，堀川，你知道浦上学姐为什么会来找我们吗？"

"她不是说了吗？是因为我们破解过《黑手组》的密码。"

"我不是这个意思。那我换个问法好了，她为什么不去找锁屋？"

"锁屋？"

"我说的不是烟火[1]，而是专门帮人开锁的行业。如果把钥

1 日本人赏烟火时会喊出"玉屋""锁屋"的喝彩声，其由来是江户时代烟火商的屋号。

匙锁在车子里，或是出去旅行时弄丢了家里的钥匙，都可以打电话请他们来开锁……就连忘了密码的保险箱也可以找他们来开。”

他讲得好像很有经验的样子。我先前完全没想到这一招，听松仓这么一说，觉得确实很有道理。不过……

“学姐或许只是没想到要找他们吧。”

“浦上学姐和我们一样是高中生，或许不知道有帮人开锁的职业，但是刚才端茶出来的是学姐的姐姐，你去厕所时学姐的母亲也跑来看情况，她们当然知道学姐找我们来做什么。难道你觉得她们全家人都没有想到要请专人来开锁吗？”

我支支吾吾地说不出话。

“这个……或许是因为要花钱吧。如果是我们打开的，就不用付钱了。”

“要是她们真的有这种打算，可真是令人不愉快。不过那也没什么大不了的。”松仓沉默了一下，他的疑问不只是这样，“说到厕所，学姐不是带你去了厕所吗？你们后来一起回来，也就是说，学姐一直等着你上完。她为什么要这样做呢？你像是笨到没办法自己回来的人吗？”

“因为她比较亲切吧。”

“这样啊。那你们一走，她母亲就跑过来，又该怎么解释？

当时学姐还问‘姐姐呢’，可见她们早就安排好了，本来是她的姐姐要来的。为什么她们要事先安排这种事？”

“这个……”

我想了一下，好不容易想到一个答案：“因为书房里有保险箱啊。就算是学弟，她们还是担心我们会偷偷拿走里面的东西吧。”

松仓立刻反驳说：“若是这样也很令人不愉快啊。不过这样说不通啊，如果她们只是不想让我们独自待在书房，为什么学姐要等你上完厕所？若是为了看守保险箱，只要盯着我就行了吧？”

他继续争论：“再来就是那箱子里的东西。学姐过世的爷爷说过‘长大以后就会知道’对吧？你想到的破解法非常高明，我觉得多半没错……不过那是‘长大以后就会知道’的事吗？你为什么会知道417这个数字？因为你是大人吗？”

松仓当然知道答案。

“不，因为我是图书委员。”

“就是说啊。我妈也是大人，但别说是417，她连913都不知道。照这样看来，爷爷那句‘长大以后就会知道’并不完整。这就表示……”

栀子花的香味飘来。带着湿气的暑热之中吹来一阵微风。

松仓的侧脸上依然没有表情。我突然觉得他和我一样是高二学生这件事很不自然。我只想让这个星期天恢复成平凡无奇的一天，接受天真无邪的学姐的邀请和朋友一起玩乐的一天。我明明不这么想，还是忍不住地说："你是不是想太多了？"

松仓一句话就把我堵了回来："你真的觉得是我想太多？"

不是。

松仓停下脚步，他没有看我，而是盯着自己的脚边喃喃地说道："这件事本来只是一段温馨的佳话，只是爷爷跟疼爱的孙女玩的小游戏，但现在事情不同了，这已经不是说给孩子听的玩笑话，而是更严肃、更贪婪的故事。堀川，那个家发生了一些问题。我们最好还是不要跟别人家的保险箱扯上关系。"

"所以你才故意不让我告诉学姐？"

"是啊。"

我想起浦上学姐的表情。她是个开朗活泼的人，脸上经常带着戏谑的笑容。贪婪……有吗？

"既然你觉得这是个贪婪的故事，为什么还会答应帮忙？你大可直接拒绝，根本不必在星期天专程跑这一趟吧？"

松仓笑了，像是抑制不住地苦笑："我也没办法啊……你喜欢浦上学姐吧？"

"没有啊。"

“学姐也看得出来。就是因为看得出来，所以她知道她说什么你都会听。旁边的人都看得一清二楚哦，堀川。”

还不至于到“喜欢”啦，我只是有点羡慕她的活跃和开朗。

“看到朋友被坏女人欺骗，当然想要做些什么嘛。”

我思索着该怎么回答，想要反驳松仓，但我什么话都想不出来。我应该帮浦上学姐辩解说她不是坏女人吗？

而我最后说出来的是：“你说她们家发生了一些问题？”

“是啊。”

“有什么问题？”

松仓转移了视线。我还以为他不想回答，但事实并非如此。他盯着街角的自动贩卖机说：“哦，正好。”

他走到自动贩卖机前，拿出零钱。宝特瓶发出“哐当”的声音掉下来，松仓拿出来丢给我。

“你看。”

那是一瓶冰凉的爽健美茶。

“什么？”

“你喝喝看。”

“干吗啊？”

“别管这么多，你先喝啦。”

我实在搞不懂他想干吗，但还是乖乖地照他的话喝了。熟悉的味道，没什么特别的……我本来是这样想的。

舌头突然有一种触电的感觉，这不是因为饮料里有什么异物，而是因为我的惊讶蔓延到了舌尖。

“这就是那个吧？”

我盯着手中的宝特瓶，喃喃说着：“这是怎么回事？”

松仓拍拍我的背，说道：“我有话要告诉你，边走边说也无所谓，总之，你听好了，我会彻彻底底地跟你解释清楚。”

5

一个小时后，我回到了浦上家。我在挂着“浦上”门牌的玄关处刚喊了声“打扰了”，学姐就立刻冲出来，一副迫不及待的样子。

“啊，你回来了。我还以为你们跑掉了呢。”

学姐露出了迷人的灿烂笑容。松仓说，浦上学姐是为了贪婪的理由而利用了我们，但我一看到这个笑容，就觉得松仓错了。学姐歪着脑袋说：“你一个人吗？诗门呢？”

“回去了。”

“嗯……”她喃喃地回应着，然后说，“我感觉他今天好像不太高兴呢。算了，有你在就打得开了。”

学姐又对我粲然一笑。

松仓告诫过我回浦上家以后要注意几件事。我回想着。

“浦上学姐知道自己的笑容很有魅力，她最擅长不露痕迹地讨好别人，你千万要小心。”

此外还有一点。我的视线落在玄关的地上。

“回去以后先数数看门口有多少双鞋子，我们进去和出来时都是三双，如果增加或减少，就表示她们花了更多心思。”

一双包子鞋，一双运动鞋，一双凉鞋。确实是三双。

要打消念头的话，现在还来得及。我虽然也这么想，但已经骑虎难下了，我决定相信松仓。我顺着学姐的邀请走进屋内。

“你发现什么了吧？这次一定要告诉我哦。”

学姐一边说，一边领我走向书房。松仓这样说过：“学姐应该会直接带你去书房，你不需要拒绝，跟着去就好了。”

我们经过阳光照射的檐廊，到达有着黄铜门把的书房。我刚走进去，也不给学姐发问的机会，立刻一脸凝重地说：“学姐，其实我们在外面已经解开密码了。”

“啊？解开了？真厉害！”

学姐的双手在胸前合起，露出喜不自胜的表情。我努力阻止自己被她迷惑。

“我本来以为那是保险箱的号码，结果却出现了让人不知所措的信息。你们家的人都在吧？因为这件事很重要，我觉得有必要在所有人的面前宣布。”

“咦……”学姐的脸色立刻沉了下来，“信息？什么信息？”

“这个嘛，或许只是巧合吧，我也不知道该怎么说……”我停顿了一下，同时偷偷地观察着学姐的反应。

“我觉得你爷爷可能被什么人盯上了，所以想问问你们家的人是不是知道些什么？”

此时我清楚地看见学姐的目光变得飘忽不定，虽然只有短短的一瞬间。我不会光凭这点就断定一切，但我心目中“解开过世爷爷的谜题”的愉快星期天就是从这时开始变质的。

学姐犹豫了很久，最后终于同意把家人都叫过来。

浦上学姐、学姐的姐姐，以及她们的母亲。

三双鞋子的主人都聚集在书房了。为什么父亲不在呢？希望他不是藏起鞋子躲在了屋内。

“好了，人都叫来了，你说吧。”学姐用甜腻的声音说道。

太阳已经西斜，照进书房的光线似乎变弱了些。浦上家的三个人站在一起，浦上学姐、学姐的姐姐、她们的母亲，每个人都是笑眯眯的，说道：“不管你说什么我们都会虚心接受，所以请说吧。”我怎么可以怀疑这些人呢？内疚的心情让我感到体内涌出一阵寒意。

但我已经走到这步了，事到如今，也不能再对她们说什么事都没有。我若和学姐对上视线一定会退缩，所以我稍微低下头，开始说道：“这么兴师动众的，真是抱歉，但我有事情得问你们。”

我先走到书柜旁，拿起“箱子”里的四本书，放在深褐色的书桌上。我一只手按着书桌，转身对学姐她们说：“这房间里藏着信息的地方只有书柜，其中又属这个箱子最值得玩味，我仔细观察之后，发现这些书可以用数字来代表。”

我停了下来，观察她们的反应。我本来想等她们问了“怎么做？”之类的问题后，再继续说下去，但她们依然保持着笑容，没有一个人开口。

所以我直接说出来：“就是书的分类号。”

浦上学姐终于有反应了，她一脸讶异地皱起眉头：“你说书的分类号，就是写在书脊标签上的数字吗？”

“是的。”

我想起松仓说的话：“浦上学姐虽是图书委员，但我从来没看过她认真工作，我猜她多半不会记得分类号。可是如果她记得的话，就只能靠临场反应了。”

我舔了舔嘴唇，接着说：“我在学校担任图书委员，在图书馆给书分类的时候，都要用到分类号。我听学姐说这个箱子本来贴了一张写着‘要归还’的便利贴，就联想到图书馆的还书箱。我们在图书馆工作时，都得靠着这数字把书放回原来的位置。我会在寻找保险箱密码时想起分类号，真的是非常幸运。”

“那这四本书的分类号……”

“是的，应该就是保险箱的密码。”然后我又补上一句，“我本来是这么觉得。”

学姐虽然露出微笑，眉头仍然紧紧皱着，大概是听到了破解法很开心，又对我语带保留的态度感到不解：“本来是这么觉得？为什么？我也一直觉得这个书柜大有问题，既然能用数字代表，那应该就是答案吧。”

“如果只是这样，我就没必要请你们全家人都过来了。”我从口袋里拿出刚才在车站附近买的笔记本，“我去查了分类号，找出代表的数字后，又试着把数字代换成五十音。”

“要怎么把数字换成五十音？”

“方法嘛，我就照着书柜上的顺序来解读吧。”现在是最关键的时候，我不禁绷紧腹部，“《日本的观光·世界的观光》是社会科学类，社会科学的代号是4。社会科学之中又依照产业分成几大类，所以第二位是1。这本书谈的是观光业，所以第三位是3。这本书的分类号就是413。第二本是《概率论概说》，自然科学是3，数学是2，概率论是4，所以是324。第三本是《简明商法》，社会科学是4，法律是4，商法是2。最后一本《今日放牧业》，自然科学是3，动物学是9，畜产动物是4。”

虽然我提醒过自己要保持平常心，但还是念得很仓促。快喘不过气了，真想深呼吸。我忍着难受的感觉，装出平时的表情和语气：“全部排在一起就是413、324、442、394，然后再把这些数字换成五十音。”

“等一下。”开口的是学姐的姐姐。

“我们现在不是在找保险箱密码吗？为什么要再换成五十音？”

说得很对。松仓这样说过：“如果他们问为什么要换成五十音，你就说是我觉得好玩而胡乱试出来的。反正我那时不在，把责任推给不在场的人，应该就能蒙混过去了。”

“松仓说……我朋友说以前看过类似的密码，就好奇地试着替换看看，我一开始也觉得很愚蠢，可是得到的结果实在太诡异了。”

学姐的姐姐还是一副难以理解的样子，但浦上学姐问道：“结果是什么？”

她对结果很好奇，这真是帮了我一个大忙。我把笔记本放在书桌上，拿起圆珠笔：“请看看这个。”

三个人都围到书桌旁。我已经先在笔记本上写好了刚才念的那串数字。

“听好了，分类号是三位数，但代换成五十音的时候要两两成对，一开始是41，这代表五十音图第四行的第一个字，也就是‘タ’。”

“啊，我知道这种方法。”学姐的姐姐探出上身，“呃，这么说来，第二个字是33，也就是第三行‘サ’行的第三个字‘ス’。下一个是……‘ケ’。”

她的声音越来越小，所以我接着说下去：

“第四个字是‘テ’，第五个字是‘ク’，最后一个字是‘レ’。合起来就是‘助けてくれ’（救救我）。这只是巧合吗？还是爷爷真的有危险？我觉得应该跟你们谈一谈……”

我一边说一边抬起头，一阵战栗传遍了全身。

先前她们三人一直都笑眯眯的，让人觉得很温暖，而如今全都变了样，学姐的姐姐面无表情，母亲则是一脸惊慌地回头望着门的方向。

浦上学姐用阴沉的眼神瞪着我，嘴角抽搐，手往前伸出一些，仿佛想要抓住什么东西。这和刚才的学姐是同一个人吗？我认识的学姐永远都是神采飞扬，在她身边就会感受到喜悦，但是现在的学姐只让我觉得可怕。

我好像听到咂舌声。是谁发出来的?

“那个……”

我受不了这片沉默，正想开口时，却听到外面传来警笛声。

声音越来越近，最后停了下来，门外传来大声的呼喊。

“我们是医护人员！患者在哪里?”

我全身虚脱，两腿发抖，差点瘫倒在地。

6

在回家的路上，我和松仓并肩走着。此时已是黄昏。

“还活着?”我问道。

松仓无力地点头：“是啊。”

松仓早就怀疑那里不是浦上学姐的家。

我们去站前的图书馆调查日本十进分类法时，松仓低声对我说：“如果‘长大以后就会知道’的数字指的是分类号，我猜完整的对话可能是这样：‘我长大以后要当图书馆员，就算当不上，我也要在图书馆里工作。’所以爷爷才会回答：‘这样啊，那么我留在这个房间里的密码等你长大以后就会知道了。’可是浦上学姐只说了后面的部分，为什么呢?

“那是因为和爷爷对话的人并不是学姐，她只是听了别人转述后面的部分，说不定就是和爷爷对话的那个人告诉她的。你懂了吗？爷爷放在保险箱里面的东西不是要给浦上麻里学姐的，而是要给另一个人的，我想可能是其他孙子吧。那个人和浦上学姐亲密到可以谈保险箱的事，而且那个人才是爷爷真正疼爱的对象。

“这样我就明白她们为什么不去找专门的人来开锁了，因为开锁的人一定会问‘这是你的保险箱吗？’或许还会要求她们提供证明。只要收钱就可以开任何锁的锁匠是不可能合法营业的。就算她们当时能糊弄过去，事后也会留下记录，学姐……不，学姐一家人当然不希望这样，所以才找上了我们这种好应付的孩子。如果我们打得开保险箱就是万幸，就算打不开，她们也没有损失。所以说，学姐她们是要夺取别人的东西，这样我就明白，为什么学姐要等你上完厕所再一起回来，以及你们出去之后，为什么她的母亲立刻来到书房，那都是为了监视我们。她们想要打开保险箱，却不想让我们在屋子里四处乱逛，为什么呢？

“因为那里不是浦上学姐的家。门牌上写着浦上，想必是爷爷的家，而学姐她们一定也去过，但她们并没有住在那里。我可以想到一些不方便让我们看见的东西，能证明那间屋子另有主人的东西……譬如主人本人。”

我不能否定松仓的推论，不能说这些只是妄想。因为学姐的姐姐端来的茶让我无法不在意。

我早就该发现了，那是爽健美茶的味道。

如果学姐她们住在那间屋子里，根本没必要把爽健美茶煮沸之后装在茶壶里端出来；如果家里只有爽健美茶，直接倒在杯子里拿出来就好了，就算整瓶拿出来也没关系，但是她们并没有这样做，可见她们在厨房里找不到茶叶，又想表现出正常的待客之道，因为她们若是住在那间屋子里的人，自然会端茶出来招待客人。

可是，有一件事我怎么想都想不通。就算这一切都是骗人的……

“学姐提起爷爷的时候，表情看起来很落寞啊。”

松仓反而对我这个问题感到讶异：“她当然是在演戏，而且演得很差劲。”

我愕然无语。我真怀疑自己的眼睛到底长在了哪里，我也不明白为什么我会相信这位奇怪的朋友多过自己崇拜的学姐。

如果真正的主人还在屋子里，被学姐她们入侵，那状况就很危险了。松仓提出一个计划：“你先想办法拖住学姐她们，尽量争取时间，我趁这个机会在屋内找找看，如果找到真正的主人，就能破坏她们的计划了。”

“要怎么争取时间啊？”

“你可以伪造爷爷的信息。必须下足猛药，让侵占那个家的人担心得走不开。”

“我们有必要做到这种地步吗？那都是别人家的事。”

“是没错啦。但是……”当时松仓踌躇了一下，才说，“学姐的爷爷真的死了吗？”

浦上学姐说她爷爷已经过世了，我们当然没办法确认。如果那个家另有主人，或许就是她声称已经过世的爷爷。

“如果爷爷还活着，只是抵抗不了学姐等人的入侵，那就很危险了。虽说那确实是别人家的事，但是……”

松仓为之语塞。如今的他并不是平时那个成熟稳重又喜欢揶揄别人的松仓，也不是看到事情和自己无关就置之不理的松仓，而是显得有些孩子气。

我从来不曾如此强烈地把松仓当成朋友看待。

“我知道了。既然情况这么严重，我也不能坐视不管。”

就这样，我们一起伪造了信息，找出能代换成“救救我”的分类号。唯一要担心的就是当过图书委员的浦上学姐，但是从不认真工作的她或许不会发现分类号有错，我们只是赌赌看，结果真的赌赢了。当学姐等人被伪造的信息绊住时，松仓溜进屋里，找到了身体孱弱、意识不清的老人，于是立刻打电话叫救护车。

“我有东西忘了拿，所以跑回来找，结果因为房子太大而迷路，途中无意发现了爷爷，我看他好像很虚弱，就赶紧叫救护车。”

学姐等人趁着老人虚弱时，试图夺取保险箱里的东西。理由是等不及分遗产？还是不满遗产分配？这我们就不知道了。松仓叫来救护车，破坏了浦上学姐等人的计划，但学姐她们做的事算是犯罪吗？她们可能给老人下了安眠药，免得他碍事，但她们大可辩解，说是为了让虚弱的老人好好休息。如果她们没被抓，松仓会遭到怎样的报复？我又会遭到怎样的报复？

若是松仓猜得没错，该得到保险箱里的东西的是另一个人，等到那个人知道这件事，浦上家会变成什么样呢？

不管如何，浦上学姐永远都不会再对我笑了。

松仓仿佛要避开这些不愉快的事，开朗地说道：“话说回来，保险箱里到底放了什么？”

我还是很担心未来的情况，但此时我笑着说：“我趁救护车来的时候赶紧打开看了。”

真正的密码和我想的一样。

内山和典《日本的观光·世界的观光——超越“旅行代

理店”》

产业［6］；运输、交通［8］；观光业：［9］。

689　ウ

佐藤俊夫《概率论概说》

自然科学［4］；数学［1］；概率论［7］。

417　サ

浮田夏子《简明商法》

社会科学［3］；法律［2］商法［5］。

325　ウ

狭川信《今日放牧业》

产业［6］；畜产业［4］畜产史、事情［2］。

642　サ

68往右9圈，41往左7圈，32往右5圈，64往左2圈。如此就打开了保险箱[1]。

1　日文的“左右”读作“サウ”，佐藤和狭川都是“サ”开头，内山和浮田都是“ウ”开头。

“里面的东西呢？”松仓问这句话时带着嘲讽的笑容，想必他已经猜到里面是什么东西了。

我也笑了。

“用蜡笔画的《我的爷爷》，还有相簿。”

虽然走在宁静的住宅区，但松仓可能因为心情舒畅，踢出右脚大声地说：“我就知道会是这样！”

Lock on Locker

1

自从认识了松仓诗门，我见识到了很多想都没想过的事。那不完全是松仓的问题，真要说的话，他本人对这些奇妙体验一直都是敬而远之的，不过我碰上这些怪事的时候总是跟他在一起也是事实。

在高二的夏天刚开始时，我们成了某件事的旁观者。

我自己也觉得这种说法怪怪的。不能说是“成了某件事的目击者”吗？我喃喃地念着“旁观”和“目击”两个词汇。这就是所谓的“推敲”吧。最后我还是觉得“旁观”一词更贴切，因为我们不是碰巧看到，而是故意在旁边看着。

这件事的起源是我们的头发长长了。天气一天热过一天，难耐的暑气再过不久就要到来的时期，我和松仓诗门差不多同时想到要剪头发。如果光是这样，我们周末各自去自己常去的理发店剪头发，到了周一再神清气爽地上学，事情应该就结束了，而且我们多半不会注意到对方剪了头发，但是某一天闲聊时，我听松仓说起他正为常去的理发店关门了而烦恼，这时我的钱包里刚好有一张打折券，上面写着“堀川次郎先生：如果介绍朋友来本店，您和朋友的理发费用皆可享六折优待”。

如此一来，松仓既不用费力找新的理发店，我又能省下四成的理发费用，想想实在很划算，绝对不能放过这个机会。松仓诗门也很开心地说：“那真是太好了。”

结果我粗心漏看了优惠的条件。折价券的角落写了一行“带朋友同行”，我却忽略了。等到发现之后，我到周末为止都一直在喋喋不休地抱怨。首先是在放学后的图书馆……

“真是麻烦死了，就是理发的事啦。为什么非得一起去不可啊？”

图书委员在图书馆聊天不太妥当，但我们学校的图书馆总是很少有人来，这天更是连一位读者都看不到，所以我们毫不顾忌地大声聊天。

松仓那张清秀立体的脸庞还是一如往常地带着调侃的笑容，反驳说：“你也不是非去不可，只要放弃六折优惠就好了。那是你的折价券，所以选择权在你手上，我只能祈求你重新考虑，因为我这个月手头有点紧。”

“放弃六折优惠太可惜了。换个角度来思考吧，假设我们两人一起去的价格是原价，一个人去就要加价。”

“这样啊。那得增加多少？”

“是四成吧？”

“不对吧。”

“只剪头发的话，正常的价格是四千日元……”

我们两人的数学成绩都不错，我姑且不论，松仓的脑袋还挺聪明的，虽然他发挥才能的地方有点特殊，总之还算是个精明的人物。但这时我们却想不到要用什么方程式来计算“加价”是增加几成，还翻开笔记本拿着圆珠笔做四则运算。过了几分钟才算出结果，我不禁叹道：“大约一点七倍。”

“多了七成呢。”

“放弃四成的折扣就变成增加七成，真是太没道理了。”

松仓喃喃地说出了令我难以忘怀的一句话：“说不定我们其实很笨。”

下一次抱怨就是在理发当天。现在白昼比较长，但我和松仓会合的时间太晚，太阳都快要下山了。我一边和穿着长衬衫的松仓在灯火通明的闹区走着，一边说道：“等一下大概会碰到辅导员吧。”

“是啊。”

“这个时间还不算是深夜游荡，但也差不多要入夜了，说不定会被问‘你们要去哪里’。”

“是啊。”

“到时该怎么回答呢？我该面带微笑地说‘等一下我们要一起去美容院’吗？”

松仓的笑容挺有个人风格的。该怎么说呢？就是那种成熟含蓄的笑容吧。

“这不是事实吗，堀川？”

“的确是事实。可悲的事实。”

这算是价值观的问题吧。以我的观念来看是这样的：和朋友一起去看电影没问题，和朋友一起去咖啡厅也ok，和朋友一起去图书馆也不奇怪，但是和朋友一起去理发……何必呢？

“换个角度来思考吧。”松仓说出了我放学后在图书馆里说过的话，“堀川，头发是从我们体内生长出来的东西，就算放着不管它也会长长。”

“我爷爷就不会长啊。”

“我外公也没长，爷爷也是一样……喂，堀川，你觉得这会遗传吗？”

“这个问题很严重，但你还是言归正传吧。”

“是你先离题的。”

“好吧，都是我的错。然后呢？”

一辆脚踏车迎面而来，我们各自往两旁避开，回来以后，松仓装模作样地咳了两声：“换句话来说，剪头发是处理掉体内生长过剩的东西，所以两个人一起去理发其实就像是一起上厕所，没什么大不了的。”

“这样啊。”说这句话并不表示我认同他的想法，而是不知道该不该认真讨论这么白痴的事。结果我这么回答：“可是我又没有跟你一起上过厕所，今后也不会想要跟你一起去上厕所。不管你怎么说，我都不觉得一起理发和一起上厕所是同一回事。”

“说得很对。”

就这样，我们来到了我常去的美容院。

预约的时间是晚上七点。我们一分钟也不差地在预定时间到达。

2

美容院位于闹区的一角，是一栋两层楼的建筑。

光是一楼的椅子就超过二十张，此外还备有几台冲水椅。如果二楼的格局也是这样，就可以同时让四十人理发了，但我很怀疑这里是否真有四十位美容师。外墙铺着很像红砖的瓷砖，整栋建筑散发着一种厚重的感觉。

松仓仰望着被室外灯照亮的店面，一脸愕然地张着嘴巴。平时难得看到他露出这种表情。

“好大啊。”

“很大吧。”

“真时髦。”

“就是啊。”

“为什么你会来这种地方？”

我忽视他的问题，径自伸手去抓门把手。我不好意思说是因为某天被表姐带来办了会员卡，之后不知怎的就常常来了。

店门也很大，门扉是木制的，高度超过两米，看起来很重的样子，事实上也真的重到没办法轻松推开。这份重量足以让原本想着“进去看一看吧”的生客失去勇气，但我早就不是生客了，所以我稀松平常地用力推开门。

店里非常明亮，高耸的天花板上吊着几个大风扇。现在可能正好碰上客潮的空当，柜台内的几位店员一副很闲的样子。我们一走进店里，他们似乎在观察我们是不是误闯进来的，沉默了一下子才齐声喊道：“欢迎光临！”

我不用转头也知道松仓被这场面吓到了。虽然他是个很有内涵的人，但他和“流行”“时尚”“现代”这些词汇完全搭不上边。看到这群笑脸迎人的美容师，想必他不知所措。

我没有朝向特定的哪个人，说道：“我是堀川，我打电话来预约过。”

那群美容师里面有一个人走出来说：“我们正在等您。我是帮您预约的近藤。”

这个男人穿着拼布风格的衬衫，眼神似乎有些奇怪。在书上经常看到“虽然面带笑容但眼睛没在笑”这样的描述，而近藤也可以照样形容为“虽然面带笑容但眼睛充满困意”。

“感谢您今天的预约。这位是……”

近藤的话没有说完。一个震耳欲聋的声音喊着：“堀川先生！哎呀呀呀，好久不见了！”

一位穿着红色衬衫的男人从近藤的背后走来。他的身材又高又瘦，脸上挂着灿烂的笑容，双手夸张地张开。我见过这个人，但是可能没跟他讲过话……这个人是谁啊？

“呃，那个，你好。”

我的反应有些尴尬。男人走到我面前，停了下来，稍微弯低身子，一副要跟我握手的样子。

“欢迎欢迎，听说您今天要带朋友一起来，我一直在等您呢。哎呀，真是太感谢您了。”他深深地鞠躬。

“呃，是，感谢你。”

“虽然您经常光顾本店，我却迟迟没向您做自我介绍，真是对不起。我叫船下，是这里的店长。”

“啊，你是店长吗？”

“是的。”

我是该说他豪爽，还是该说他亲切呢？这位店长真是一点架子都没有。

船下店长又把那灿烂的笑脸转向松仓：“您是堀川先生的朋友吧？可以请问您预约的名字吗？”

松仓礼仪端庄地鞠了个躬：“我叫松仓。今天要麻烦你们了。”

看来松仓已经从惊慌之中回过神来，但是该怎么说呢，他表现得异常冷静，我从来没在美容院看过这么中规中矩的人。

“哦，哦，我才要请您多多指教。呃，两位今天需要什么服务呢？”

两眼无神的近藤在一旁插嘴说：“他们要剪头发。”

“剪头发啊，我知道了。负责的美容师会跟两位讨论想剪什么发型。松仓先生，不好意思，可以麻烦您先去柜台办理会员卡吗？”

船下店长朝着柜台挥手，一位店员马上拿来板夹。松仓接了过来，没有找椅子坐下来，而是站在原地写了自己的名字。

“……好的，感谢您，松仓先生。很高兴认识您，以后也请您经常关照。”

近藤不知何时拿来了塑胶制的小袋子，战战兢兢地说道：“店长，带位……”

店长开朗地回答：“哦，我来就好了。”

他一边说一边接过袋子。

“本店的设备堀川先生都清楚吧？”

“是的。”

“寄物室在最里面。”

他交给我们一人一个黑色塑料袋，袋子的提把上挂着钥匙和号码牌。

店长仍然挂着一样的笑容，但很认真地注视着我们。

“请把随身物品放在置物柜里。”然后他又很详细地补充一句，“贵重物品请务必带在身边。”

3

说是寄物室，其实并不是有一个专门寄放物品的房间，只是放在角落的几排置物柜。

那细长空间的左右两边排放着附有编号的白色置物柜。我突然有点好奇，不知道这里有多少个柜子。仔细一看，最大的数字是四十号。这么说来，这家店真的可以同时接待四十位客人了？

此时松仓深深地叹了一口气：“我活到这个年纪，还不曾被人称作先生。”

他在意的事情还真奇怪。

“我又没有伟大到需要被尊称为先生，而且我还只是个高中生。”

“可以换个角度来看吧。如果你说‘我只是个高中生，被称为先生太不好意思了，所以请你改变一下习惯，用其他方式来称呼我’，这种客人才让人觉得麻烦呢。”

“这只是强词夺理。算了，不是叫我松仓小弟就好了。”

然后他频频打量手上的塑料袋。

“这是干吗用的？”

“店长不是说了吗？可以把贵重物品装在里面。”

“哦，这样啊。”

他一下子就接受了。店里的规矩是理发之前要把随身物品锁进置物柜，钱包等贵重物品则要放进塑料袋里带在身边，因为钥匙附在袋子上，所以只要把袋子带在身边，随身物品和钱包就都安全了。置物柜里还有衣架，冬天时可以把大外套挂在里面。

松仓看着关起的置物柜喃喃地说道：“但我又没东西需要寄放。”

松仓的钱包不大，放在口袋里就行了，而他也没带包之类的东西，所以不需要用到置物柜，而我带了单肩斜背包，所以姑且还是用了。

“贵重物品要带在身边。”我一边说，一边把钱包放进塑料袋。我的钱包是对折式的，放在口袋里会显得很鼓。

细长的置物区的尾端放了一个镜台。松仓大概是闲着没事做，就看着那个镜台。台上摆着一个大花瓶，各种各样的花朵遮住了半面镜子。在这些花之中，我认识的只有玫瑰。

“是真花吗？”

我这么一问，松仓就捏起一片花瓣，说着“哦哦”。

“是真花。”

“真有你的。”

看松仓粗鲁的动作就知道他一定也以为是假花。他放开花瓣，尴尬地在裤子上擦擦手，已经来不及了。

他突然问道：“喂，堀川，你跟店长很熟吗？”

我也觉得奇怪：“不算吧……我记得他的脸，或许他招呼过我，但我根本不知道他是店长，顶多就是这种关系。”

“哦……”

“大概是因为我帮他们介绍了新客人，所以待遇比较不一样。”然后我稍微压低声音，“这么大的一家店，虽然时间比较晚，但毕竟是星期日，客人却只有我们两人。这情况是不是有点糟糕啊？”

“是啊。店员有几个人？”

“不知道，好像有六七个吧。”

“感觉应该有更多店员才对。”

松仓又转向几乎被花遮住的镜子，用戏剧般的动作拨起头发：“无妨，只要他们能剪出让我满意的发型，我也不是不能常来捧场啦。”

这种玩笑真不像他的风格。

“你终于有松仓先生的样子了。”

听到这句话，松仓立刻露出厌恶的表情。

回到宽敞的大厅，我们被领到并排的座位上。

负责帮我理发的是以前为我服务过的男性美容师，叫前野。我遇到过的美容师不多，但他是我最喜欢的一个，因为他的话很少，在剪头发时不需要硬聊。

“您今天要剪什么发型?”

“和上次一样。”

“我知道了。”

寥寥数语，我们就决定了今天的理发计划。

松仓那边就没有这么顺利了。一位年轻的男性美容师拿来两本发型目录，慷慨激昂地说个没完。

“松仓先生的长相很抢眼，应该弄个比较精致的发型。我觉得这种应该很适合您，这种发型也很受欢迎哦，如果想要挑战一下新风格，也可以选择这一款，一定会让您整个人焕然一新!”

松仓朝我瞥了一眼，目光里充满了愤恨。虽然是我带他来这家店的，但也不能怪我吧。松仓最后只是淡淡地回答一句:“请帮我全部剪短。”

后来美容师还和他争论了一下，结果还是只能说:“好的，那就全部剪短。”

虽然讨论的经过不尽相同，但我们还是同时坐上冲水椅。意思就是我等了他很久。我们拿着塑料袋被带往冲水椅的途中，松仓不满地说:“到底该怎么说才好呢?”

“你可以说‘我想要轻盈一点，带点动感’。”

“什么动感啊?头发如果会动不是成妖怪了吗?”

松仓就是这种人，但他在学校里被归为美男子那一类。所以说人帅真好。

帮我们洗头的不是美容师，而是两位女性。我们并肩坐上冲水椅，包上了毛巾和防水斗篷。

“这样不会不舒服吧？”

“嗯。”

“椅子的高度可以吗？”

“嗯。”

“水的温度可以吗？”

“嗯。”

“有没有觉得哪里痒？”

“没有。”

“有没有觉得哪里还冲洗得不够？”

“没有。”

在洗头时的寻常对话之间，我偶尔会觉得自己或许是个少根筋的人。

我们一起擦头发，一起回到理发的椅子上。

我的身上披上了理发罩，转头一看，同样披着理发罩的松仓也同样转头看着我。真是的，为什么我们得一起来理发啊？可笑到我都笑不出来了。我正在想等一下只要默默地让人剪头发即可，松仓就一脸不耐烦地问道："看到人家包成这样，就让我想到一些事。"

他说的是理发罩。其实我也正在想同一件事，应该说我早就想到那些事了。

"不知道明天天气如何。"

"就是这个。"

他从理发罩里伸出手来，竖起拇指。

两位美容师没有加入我们的闲聊。

"好，我要开始剪了。"

美容师拿起剪刀剪起我的头发，一撮撮头发无声地落在地上。

开始剪头发之后，就不能随便转头了。我们各自盯着面前的镜子时，松仓却一直找我搭话。譬如说，图书馆通讯的题材想好了没？譬如说，新发售的香芹风味可乐喝过了没？（他还说："没有想象中那么难喝，但我不知为何就是不想再喝第二次。怎么会有那么不容易上瘾的口味呢？你也喝喝看吧，喝完再告诉我感想。"）譬如说，最近看了什么有趣的书吗？

经过一阵子"没营养"的闲聊之后，我才看出松仓的企图，一定是刚开始时和美容师讨论的状况让他如坐针毡，所以他故意一直和我说话，让美容师没机会开口。没想到平时那样超然、一副天不怕地不怕样子的松仓诗门竟然会有这种弱点。我虽然觉得他可怜，却又忍不住露出微笑。也罢，这种时候要出手相助才算是义气。我也试着找话题聊。

“对了，刚才有件事挺奇怪的。”

“什么事？”

松仓比我更想聊下去，所以立刻做出反应。

“就是店长给我们塑料袋的时候啊。你还记得他说了什么吗？”

“哦。”他停顿了片刻，“他说贵重物品要带在身边。”

“你带着呢吗？”

“你不是知道吗？我放在口袋里了。”

“这么说来，你的袋子是空的了？”

我从理发罩里伸出手指，指着放在松仓面前的塑料袋。

“不是，我把手机放在袋子里了……那又怎样？”

“没什么。”

我不理会，他却喃喃地说着“什么跟什么啊”，继续说下去：“店长说的是‘贵重物品请务必带在身边’。”

“哦……”

松仓的理解能力果然很强，光是这句话就让他听出端倪了。

我每次来理发，店员都会说“贵重物品请带在身边”，这句话已经成了固定台词，这次不知为何却多了“务必”二字。虽然只是小小的差异，却让我一直无法释怀。

“的确。如果道别之后听到‘回家的路上请小心’不会觉得哪里奇怪……”

“如果某天突然变成‘回家的路上请绝对要小心’就另当别论了。”

“那是台风天才会说的话，因为真的得特别小心。”

“或是下雪的日子。”

对话中断了片刻。美容师前野拉起我前额的头发修剪。

“所以我就想到……”

我一句话还没说完，松仓就用悠哉的语气说：“那个不重要啦，你有没有听过关于一班的濑野的事？”

濑野在我们学校里是极负盛名的美女，我曾经听说她脾气很差，但我没有跟她说过话。

松仓突然提起这个名字，是因为很想聊她的事吗？不是这样的，他多半是为了不让我继续谈店长和贵重物品的事。我不知道他为什么要这样做，只是话题被打断让我有点不高兴。说是这样说，既然他不想聊这个，我也没必要勉强聊下去。

他所谓濑野的事，是指她被老师指责袜子花纹违反校规，就一言不发地脱下袜子丢进垃圾桶的“英勇事迹”。

毕竟我对濑野的理解只有长得很漂亮和脾气很差，所以除了惊叹之外，也做不出更多回应。对话告一段落时，帮松仓剪头发的美容师像是已经等了很久似的插嘴问道：“两位是同班同学啊？”

让松仓跟他聊有点可怜，所以我主动回答：“不是，我们只是都参加了委员会。”

“委员会啊，哇……我从来没参加过。是怎样的委员会？”

“是图书委员会。”

“图书委员会啊，哦……我从来没接触过呢。”

帮我剪头发的前野说了一句“失陪一下”，把剪刀收进腰间的工具袋，离开了位置。松仓的美容师又继续问道：“两位都喜欢看书啊？”

“呃，多多少少啦。”

“啊……我从来都不看。您都是看哪些书呢？”

等一下，既然他从来不看书，那不管我说出谁的名字，他一定只能回答“我从来没接触过”，既然如此又何必问我？因为现在没在剪头发，我转头望向旁边，看见松仓直视前方，面无表情，可能正在祈求话题不要转到自己身上吧。真是个无情的家伙，一点也不顾念我陪他硬聊的恩情。

这时我得到了意料之外的助力。我刚发现镜子里出现船下店长的身影，他就立刻走过来，在我旁边弯下身子，仿佛要单膝跪在散落着头发的地上。

店长这种亲切的举止让我十分讶异。他连语气都很殷勤。

“堀川先生，打扰您一下。”

“啊，好。”

“真是不好意思，就快到八点的打烊时间了，收款机要结算了。能不能请您先结账呢？”

“啊，好的。”

我从理发罩之中伸手去拿塑料袋。

“多少钱？”

“学生的理发费用是四千日元，介绍朋友一起来有六折优惠，所以是两千四百日元。”

果然很便宜，不愧是六折优惠，不枉我排除万难带松仓一起来，这么一来，松仓也会很高兴吧。我从钱包里拿出两千四百日元，放在店长拿来的托盘上。

“感谢您。”

店长跑回去拿收据给我，接着又帮松仓结账。在此期间前野也回来了，所以我又继续剪头发。

“现在帮您修剪耳旁的头发。”

钱付过了，头发也差不多剪完了。我还是面对着镜中的自己，对松仓说：“我猜错了。”

松仓回答：“我也猜错了。”

剪头发大约花了四十分钟。

我用挂在塑料袋上的钥匙打开置物柜，拿出斜背包，把钱包放进去。虽然新发型不如我想象的利落，但剪完头发感觉还是清爽许多。

松仓又朝着摆了花瓶的镜台拨拨前额的头发。

“你觉得剪得怎样？”

“剪得挺好看的，只是……”

“只是？”

“我得先说，我不是要抱怨这家店……但我以前常去的理发店的爷爷会花更多工夫帮我剪。”

姑且不论我很少注意男生的发型，我从来不曾觉得松仓的发型难看，可见他说的那位“爷爷”真的很用心。

“此外，没有修面有点美中不足。”

这是没办法的，毕竟法律规定美容院不能帮人修面。

此时有三个女人走进寄物区，一个有大波浪的栗色头发，另一个是又直又长的黑发，还有一个是根部有些黑的金发。

“太差劲了吧，该怎么说呢，能差劲成这样倒也挺厉害的。”

我一边对这肤浅的对话侧目而视，一边迅速离开。若是站在店家的立场，我会觉得还好星期日晚上除了我们之外，还有其他客人。

可是松仓还是站着不动。他都已经走到寄物区的出口了，却停在那里看着那三个人。那三个人打扮得非常华丽，要说漂亮是挺漂亮的，但是站在这么近的地方盯着人家看，实在太唐突了。我拉拉松仓的袖子说："喂，该走了。"

"……嗯？哦，好啊。"

松仓一副心不在焉的样子，他虽然跟着我走了，却还是一直回头看寄物区。他会这样盯着美女看还真稀奇。

"你认识她们吗？"

我这么一问，他才回过神来。

"不认识。"

"那你为什么一直盯着人家看？"

"嗯，为什么呢……"

他有时说话真是莫名其妙。

我们已经结完账了，也没有其他事可以做，只需再去柜台拿松仓的会员卡。我们进来的时候明明受到热烈欢迎，出去时却连店长的人影都看不见，但我也没有放在心上。

听着前野和给松仓理发的两位美容师的"谢谢惠顾"走出店

外时，已经接近晚上八点，天色早就黑了。

4

我没有夜游的嗜好。我的自行车停在附近的停车场，我准备推了车就直接回家。原本应该是这样的。

打从离开美容院之后一直沉默不语的松仓突然抬起头来，自言自语地说“对了”，然后对我说了一句奇怪的话。

“喂，堀川，陪我喝一罐果汁吧，我请客。”

“……哦，可以啊。不过，你不用请我啦，我自己买就行了。怎么了？”

“嗯……香芹可乐如何？”

“不要。”

我已经说了不要。我确确实实地说了不要。

但是松仓丢下一句“你等等”，三分钟之后买回来的还是香芹可乐。

“你这么想让我喝吗？你就是为此把我留下来吗？”

“对啊。不对。”

“你在说什么啊？”

“你问我这么想让你喝吗？对啊。你说我就是为此把你留下来吗？不对。”

松仓观望着四周环境。美容院前面的马路到了这个时间还是有很多车，对面种了一排高大的行道树。

“我们去对面吧。”松仓指着对面的行道树说。树下设有小小的长椅，但我不想坐在路边吸汽车尾气。

“再走一段路就有公园和麦当劳了。”

“不行啦，我想让你看一些有趣的事。”

我听不懂松仓在说什么。待会儿再问他吧，我姑且先跟他走。这条马路车太多，不能直接穿越，所以我们得到稍远的地方走斑马线到对面再折回来，望着美容院厚重的大门。

“然后呢？到底要干吗？”

听到我的询问，松仓就把香芹可乐交给我。好啦好啦，原来你这么想要我喝啊。于是我默默地接过来，默默地付了钱，默默地打开瓶盖。

“是‘贵重物品请务必带在身边’那件事。”

松仓没头没脑地说了这么一句话。眼前车辆的声音很吵，我还以为自己听错了。

“啊？”

“我是要说‘贵重物品请务必带在身边’那件事。为什么店长今天特别说了‘务必’？因为他不想妨碍人家，但又必须说些什么。”

原来是这件事啊。我一边闻着打开的香芹可乐那股草药似的味道，一边回答：“这个我早就知道了。”

“我也觉得你应该知道。但是我们真的完全明白彼此的想法吗？”

不知道。

由于碳酸的刺激，这味道闻起来还不至于令人讨厌。然后我才想起来，我一直都很讨厌香芹。

“我当时要说的是：这家店平时都是说‘贵重物品请带在身边’，为什么只有今天特地说‘贵重物品请务必带在身边’呢？想必是因为最近寄物区遭窃，所以店里才会那么小心地防范。”

“这样啊。味道如何？”

“我又还没喝。”

你明明看到了还这么问，我想。

“你当时故意打断我的话，就是因为你知道我要说什么吧？”

松仓回答：“是啊。”想想也对，在人家的店里剪头发时说出“这家店最近可能有小偷”未免太失礼了，所以松仓在我失言之前阻止了我。虽然我被打断话题的时候不太高兴，仔细想想，我还得感谢他才是。

“那么他强调‘务必’的真正理由是什么呢？”

“是因为收款机要结算了。”

我猛然灌下一大口……好苦。虽然很苦，但又不像是香芹的味道。托碳酸的福，苦味变得没有那么明显。松仓说得没错，没有想象中的那么难喝。我又喝了一口，然后继续说下去：“因为收款机要结算了，我们得在剪头发的途中付钱，如果钱包没有放在身上就会很麻烦，即使身上披了理发罩，也不能一路披散着头发跑去置物柜拿钱包吧。店长早就料到这点，才会叫我们‘务必’把钱包带在身边。”

“哦……”

松仓不知为何仍然紧盯着美容院。他又问了一次：“味道如何？”

“不难喝。如果是苦苦的草味就不行了，但这种苦味还挺清新的。”

“就是啊。”

“你要喝一口吗？”

“不用了。”

松仓打开自己那罐可乐，只是稍微喝了一小口，又立刻拿开罐子，然后嗫嚅着说：“我本来也是这样想。”

在结账之后，我们两人都说“猜错了”，所以我认为松仓的想法应该和我一样。

“你现在不是这样想的吗？”

“嗯。”

“还有，你说等一下可以看到有趣的事？”

“是啊。”

“解释一下吧。总之先坐下。”

在夜晚的马路边，松仓拿着罐装可乐，我拿着香芹可乐，两人一起坐在路边的长椅上。仿造红砖建筑的美容院就在眼前，但是来往的车辆不断地遮住我们的视线。我喝着香芹可乐。本来觉得自己可以接受这种苦味，结果还是太苦了，但又不至于苦到喝不下去。

松仓看着不断驶过的汽车，说道：“我当时也以为是因为会在剪头发时结账所以才叫我们把钱包带在身边，但仔细想想又不太对。如果真是如此，当他说出‘务必’的时候，就已经知道会在剪头发时帮我们结账了？”

“这样很奇怪吗？”

“很奇怪啊。”我转头一看，松仓的嘴角浮现出一丝嘲讽的笑容，“如果店长早就想到，怎么不干脆叫我们先结账？他可以在我们去寄物区之前说‘不好意思，我们快要打烊了，所以请你们先结账’，这样我们也不必穿着像晴天娃娃一样的理发罩辛苦地去拿钱包了。”

“的确。不过他想怎么做是他的自由啊。说不定他是担心我们会再加服务什么的，那费用就不一样了。”

“加什么服务？譬如腌萝卜吗？”

“譬如腌萝卜。”

为什么是腌萝卜啊？

“嗯，或许吧。但最先让我觉得不对劲的是其他地方……店里明明有那么多店员，为什么店长会亲自接待我们，还亲自帮我们结账？这点小事连实习店员也会做吧。”我说。

“可是他没有送我们出门。”

“你希望他送我们出门吗？”

“也没有啦……你明明知道我不是那个意思。”

我的确知道。看到店长亲自来接待的时候我也很惊讶。

“一开始接待我们的是那个穿得很花的近藤。”

我还记得他那件拼布风格的衬衫，但我已经忘记他的名字了。听松仓这么一说，那人应该是叫近藤没错。

“店长等于是和近藤抢着接待我们。这样不是很不给近藤面子吗？”

“因为他是店长嘛。”

“正因为他是店长才不该做这种事。算了，这个不重要啦。”

他又拿起罐子来喝，我也跟着喝了一口。嗯……有一种被小石头打到的感觉。喝到香芹可乐的瞬间，我的脑袋里突然涌出一种异样感。这可乐也不算太难喝。

“最后不是走进来三个人吗？”松仓说。

“哦，穿得很华丽的那些人啊。”

“她们穿得华丽或朴素都不是重点，重点是那家店快要打烊了，突然又有客人进来，他们一定很头痛吧。”

所以他当时才会那么注意那三个人？

“搞不好她们需要的服务不用花太多时间。”

“或许吧。”松仓爽快地点头，喝了一口可乐，又继续说，“不过，那个金发的来美容院应该是要染刚长出来的黑发吧，想必也不是一下子就能解决的。”

“你说补染吗？那要花一个小时至一个半小时。”

“你知道得还真详细。不过金发中间带点黑色可能也是一种时尚，所以这件事就先不管了。”

“说不定她们是发型模特，打烊之后要陪美容师练习。”

“哦，原来还有这种可能性？这点倒是无法忽视呢。”过了半晌，松仓认真地看着我说，“我虽没有确切的证据，但是把我说的这三件事连起来看，你不觉得奇怪吗？”

他说的三件事，就是在剪头发时要求我们结账，店长撇开店员自己跑来接待客人，还有说收款机要结算，要求我们结账之后又来了三位客人。三件事摆在一起，我也不敢坚持只是巧合。因为我一走进美容院就有些异样感……这么大的一家店，周日晚上的客人却这么少。

“那你怎么想？”

我一问，松仓就点点头。等到眼前的公交车开走，尾气散去之后，他才开口说：“我觉得店长说收款机要结算只是借口。”

“怎么说？”

“因为我们在剪头发的时候提到了店长说的话。我们说他今天特地说了‘务必’把贵重物品带在身边很奇怪，所以店长找了一个借口要我们先结账，让我们觉得他那句话是合理的。”

我回想先前的事。

店长大概真的是因为我们聊了那件事才过来的。这么说来，难道店长在偷听我们聊天？

不对，他不需要偷听。我的美容师前野在理发途中曾经离开一阵子，如果他当时是去报告这件事，店长就不需要自己偷听了。但这是为什么呢？

“那他为什么要这样做呢？”

“因为我们一开始就猜对了。”

大概是因为红灯亮了，车辆渐渐变得拥挤，坐在长椅上的我们看不见美容院了。

“最近恐怕真的发生了窃案，所以店长才会特地警告我们。”

我点头。

……不对，这说不过去啊。

“我明白以店家的立场不方便直接告诉我们最近店里遭窃，但他有必要拼命掩饰，还特地在剪头发的时候来结账吗？直接告诉我们‘最近状况不太安稳，请你们多加提防’不就好了？”

“就是这点。”松仓用食指指着我，“你问得很好。为什么店长会觉得跟我们说了那句‘务必’是不妥的，还得想尽办法遮掩？”

我思索着。

“……因为他不想让我们想太多？”

“无论我们再怎么胡思乱想，对店里也不会有任何影响。正确的说法应该是，他不希望我们把想到的事情说出来。”

意思就是店长担心我们说出“这家店最近是不是遭窃了啊”。我们若是说出这句话会怎么样？

我好像可以猜到松仓要说的话。

“对了，这样就会被发现店长在提防窃案了。”

松仓露出笑容。他一定是猜到了我的想法。

“被谁发现？”

店里的客人只有我们，所以是……

“店员。”

也没有其他选项了。

“被发现了会怎么样呢？”

“对啊……”

我终于明白了。我明白松仓要给我看的“有趣的事”是什么了。对我来说这一点都不“有趣”，但我们确实是在看热闹。

马路上的“长龙”动了起来。公共汽车、摩托车、出租车都开走后，我看见美容院的门口停着两辆白色的自行车。

“这么说来，或许是近藤。”

松仓听到我喃喃自语，便挑起一边眉毛：“嗯？这我就不知道了。”

哦？原来他还没想到是谁啊？看来是我抢先一步了。我不禁有点得意。

“松仓，你觉得最后进来的那三个人是来干吗的？”

“这还用说吗？”

松仓只说了这句话就不再开口。他静静地望着我。

我和松仓想到的事情一定差不多。为什么店长今天要特地说“务必”？我们应该有同样的答案。

可是当松仓问“我们是否完全理解对方的想法”时，我只能默默地摇头。就算我觉得我们应该有相同的想法，在亲口讲出来之前还是不能确定。

我说："诱饵。"

松仓点点头，像是松了口气："是啊。"

和我想的一样，我们想到了同样的答案。我接着说下去："因为店里的置物柜经常遭窃，所以店长叫我们'务必'把贵重物品放在塑料袋里带在身边。但我们提起盗窃的事会破坏他的计划，因为小偷一旦知道店长在提防，可能就不敢再偷东西了。"

松仓点点头，用自己的话再说一次："店长想等小偷再次下手，所以不希望我们说得太多。也就是说，小偷就是店里的店员。可是他不知道是哪一个店员，这时就需要那三个人了。"

快要打烊时，店里一个客人都没有，却突然来了三个客人。依照松仓的说法，其中一人的头发显然需要补染，照理来说店家不会在打烊前二十分钟接待这种客人。其他两人会在这个时间来美容院也很奇怪，所以松仓当然会质疑那三个人的来意。搞不好她们真的是发型模特，但是店长如果希望小偷再次下手，就不难猜出她们扮演的角色——诱饵。

她们一定会把钱包放在置物柜里，接着店长下令打扫店里，店员各自散开之后，小偷就更容易作案了，这么一来就能当场人赃俱获。

“话说那个花瓶真的很奇怪。”松仓突然这么说道，但我不认为他是在转移话题。放在寄物区镜台上的那些花确实不太寻常，镜子是要给人看的，在美容院更是如此，用花把镜子遮起来太不合理了。

“你觉得花里面藏了监视器吗？”我问。

松仓点点头。

如果小偷是店员，当然知道要怎么避开原本的监视器，就算改变监视器的设定，小偷也会有所警戒，巧妙地改变手法，所以除了本来就有的监视器以外，店长又在作案现场放了只有少数人知道的机关。藏在那个地方实在不够适当，但是寄物区里只有置物柜，没有其他可以藏监视器的地方，所以才故意在那里摆个花瓶。

我说：“既然你连这个都看出来了，怎么没想到是近藤呢？”

“我就是不知道嘛……不对，等一下，你先别讲。”

松仓低头沉思，我在一旁看着，心中涌起一股优越感。平时一向洒脱的松仓虽然没有表现出不甘心的表情，但还是不服输地苦思，这副模样真是太有意思了。我知道这样看人家笑话很过分，但他刚才吊过我胃口，我自然要回敬他一番。

我的小小娱乐并没有延续太久。松仓很快就说：“啊，对了。”

“既然叫那三个人来当诱饵，店里最好没有其他客人。今天明明是周日，店里的客人却这么少，可见他们一定是拒绝了其他客人的预约。”

我好不容易领先一点点，他又立刻追了上来。真不愧是松仓。

“可是你却预约到了。”

这样的解释就够充分了。

我为什么能预约到这个时间，又为什么能在没有其他客人的美容院剪头发呢？因为接听我电话的人不知道这个诱敌计划。更正确的说法是，他被蒙在鼓里了。这么说来，接受我预约的店员想必就是店长怀疑的对象。

“哦！”松仓拿着饮料罐站了起来，“好戏开场了。”

美容院前的白色自行车应该是警察的吧。我也站了起来。从玻璃窗可以看到里面店员们的表情都很紧张。

下一秒钟，厚重的门扉猛然被打开。

一个人冲了出来。

“猜中了。”松仓冷静地喃喃说道，从美容院里跑出来的人确实是穿着拼布风格衬衫的近藤，“真有你的，堀川。”

听到他的夸奖，我并不觉得开心。

“大概有九成是靠着你的引导，所以我实在骄傲不起来。”

“说九成太夸张了……大概只有八成吧。”

“你这是在谦虚吗？”

近藤左顾右盼，似乎不知道该往哪里逃。远方传来一声严厉的“站住”。接下来，发生了令我意想不到的情况。

近藤不知想到了什么，竟朝着我们这里跑，也就是直接穿越马路。路上车辆很多，到处都响起了喇叭声以及轮胎因紧急刹车发出的尖锐摩擦声。有几辆车子亮起刹车灯，摩托车为了闪避突然停下来的汽车，像是在表演特技似的从车缝中间钻过。近藤爬上隔开车道和人行道的护栏。

就在眼前。近藤的脸就在我的眼前。刚才他还一副睡眼惺忪的样子，如今却瞪大眼睛，眼中充血，可能是因为咬紧牙关，嘴唇诡异地扭曲着。

我想要往前踏出一步，肩膀却突然被人按住。

回头一看，松仓对我轻轻地摇头。

近藤已经翻过护栏。警察被开始行驶的车辆给拦住了，他们吹起刺耳的哨子，等到车子都停下来时，已经看不见近藤的身影了。

“喂！等一下！站住！”

警察们放弃穿越马路，骑上了自行车。其中一个人对着无线对讲机说话。此时的情景就像在拍警匪片。

我又回头看看松仓。近藤翻过护栏时站得不稳，如果我当时扑上去一定能轻松地逮住他，就算逮不住，也能争取时间让警察赶来。如果松仓没有阻止我的话。

松仓打了一个哈欠，似乎已经对这件事失去了兴趣。

真是个怪胎。放松之后，我也恢复了冷静。就算近藤的身上没有武器，至少也有把剪刀，我若是随便出手搞不好会受伤。这又不是我的责任，何必在大街上扮演英雄呢……

我猜松仓一定也没料到近藤会往这里跑过来，因为他还特地绕到马路对面坐着，存心看好戏。他刚才打哈欠可能只是要掩饰自己被吓出了一身冷汗。

我发表感想说："没想到会这么刺激。"

松仓打完哈欠，露出调侃的笑容："区区一句'务必'竟能演变出这么有趣的事。"

老实说，我一点都不觉得有趣。现在想起近藤充血的眼睛，我的双腿都还会发抖。可是我能表现出这么软弱的一面吗？我也想打个哈欠，但这只是在模仿松仓的虚张声势，想想还是作罢，改成轻轻地耸肩："就是说啊。"

望向马路对面的美容院，店长和几位店员站在门口，不安地用眼神搜索着近藤逃走的方向。松仓故作轻松地说："今晚过得真愉快，下次再来这里剪头发吧。”

“能让您满意真是太好了，松仓先生。”我用漫不经心的态度递出手中的宝特瓶。可能是因为我的动作太自然，松仓毫无戒心地接过去喝。

他喝了一大口香芹可乐，结果被呛得足足咳了一分钟。

他星期五做了什么？

1

我停下动作看着窗帘。

由于天气太闷热，窗户全都打开了，但窗帘完全静止不动。连一点微风都没有，空气凝滞不动，整所学校就像被封在玻璃箱里一样。

我对松仓说出这个比喻之后……

“这样啊，真不妙。快工作吧。”他只是如此回答。

放学后的图书馆十分安静。门外挂着“不开放”的牌子，里面当然是静悄悄的。

七月，期末考将近，学校进入了准备考试的时期，只有上午要上课。学生为了应考开始放半天假，所有社团活动和委员会活动都必须停止，意思就是要我们早点回家读书。

图书馆是读书的地方，照理来说应该可以继续开放，现在正是需要用到图书馆的时候，但是“图书馆由图书委员会经营”的原则和“委员会活动停止”的原则加在一起，图书馆不得不关闭。其实管书的老师应该做些什么的，但是那个人……该怎么说呢，感觉没什么干劲的样子。

在准备考试期间，我深刻地体会到，世事不是只靠原则来运作的。虽然图书委员的活动停止了，但是图书馆平日的业务并没有停止，即使挂出“不开放”的牌子还是会有人把书放进还书箱，要张贴的海报仍然陆续送来，新书也不断地进货。离考试结束还有两周，这些事也不能一直丢着不管，所以还是要时时有人来整理，而且管书的老师完全不帮忙。

正因如此，我和松仓诗门只好自动且“非法”地留下来加班。

我们分工合作，把归还的书放回书柜，然后由我来处理新购入的图书，就是拆下书腰贴在蝴蝶页上，并且在书本的上、下两端盖上图书馆的藏书章。松仓负责处理布告栏，拿下过期的海报、贴上新海报。从海报上看，市立博物馆正在举办矿石展。

书本的上方和下方称为“天”和“地”，盖在这里的藏书章就叫作“天地章”。盖章是细致的工作，尤其是薄薄的文库本更得小心谨慎。松仓脑袋虽好，手却很笨拙，因此他不假思索地把这份工作推给了我。

新进的图书有七本。我慢条斯理地盖着章。

“说到这个天地章……”虽然刚才的话题被他敷衍过去，我还是不死心地闲聊，“听起来真厉害，是盖在天地的印章呢。”

“是啊。”

“感觉好像可以维持世界的平衡。”

“是啊。”

“是不是应该拿去丢在火山里呢？”

“这样会破坏天地间的平衡吧？”松仓头也不回，似乎很在意海报贴得正不正。

图书馆里还有另一个人。他叫植田登，是一年级的图书委员，戴着镜片很小的眼镜，不管委员会有什么工作他都会笑眯眯地去做，但偶尔也有固执的一面。这时植田挂着一如往常的笑容，却用一种受不了的语气说：“学长，你们平时都是一边工作一边说这种无聊的事吗？”

我回答：“是啊，经常这样。”

“你们开心就好。”

松仓一听就歪着脑袋，调侃地笑着说：“你这假公济私的人有什么立场批评我们这些勤奋工作的人啊？”

植田面前的桌上摆着笔记本和课本，手上拿着自动铅笔。

这家伙其实是利用图书委员的身份跑来不开放的图书馆用功准备考试。

“说的也是。对不起。”植田乖乖地低头道歉，然后他趴在桌上，只抬起头来，“学长，你们都不用复习吗？”

“还有周末啊。”我这么回答。

“我们比较聪明嘛。”松仓是这么回答的。

“啊，真讨厌。”

植田很刻意地皱起眉头。因为松仓说的是“我们”，让我觉得自己好像也很讨厌。

“要说聪明……松仓比我更聪明。”

这句不太诚恳的解释引来了两人的白眼。

松仓说的话不是没有道理。我和松仓都不是很用功，成绩却名列前茅，虽然挤不进全校前几名，但至少不用担心补考和补习，我们也是因为这样才能悠闲地跑来做图书委员的工作。

我不清楚植田的成绩如何，毕竟我们不同年级，这也是没办法的事，但是看他特地跑到关闭的图书馆读书，似乎已经到了非学不可的地步。

“我的成绩也不差啊。”植田满不在乎地说。

松仓立刻问道：“那你差的是什么地方？”

“环境吧。我和哥哥共享一个房间，所以空间很小，不容易专心。”

我认识植田的哥哥植田升，他和我们一样是二年级的，好几次因为夜晚在闹区游荡被辅导员逮到或是和外校的人打架而受到停学处分，所以他在校内还挺出名的。像他这种爱闹事的类型在我们学校很少见，我们一般学生也不见得多听话，但我们要做坏事的时候比较有技巧。有人给植田升取了个绰号叫“流氓小子”，多半是出自揶揄，可能也多少带有一些对他那股蛮劲的崇拜吧。

和那样的哥哥共享一个房间，自然无法专心读书了。这种想法或许只是我的偏见，搞不好他在家里是个好哥哥呢。不管怎么说……

“等我们的工作做完以后，这里就得关门了。”我如此强调。

植田点点头，又继续看着笔记本。

接下来我们各自忙着自己的事，我继续处理新书，松仓用大头钉钉住提醒学生在即将到来的暑假里注意水上活动安全的海报，植田则在默默地温习。

如同植田所说，我们平时都是一边工作一边扯些无聊的话题。图书馆的宁静只维持了很短暂的时间，我注视着一本新书，开口打破了寂静。

“是《青鸟》啊。”

“什么？”

“梅特林克写的《青鸟》。这个月刚进的新书。”

松仓很不擅长细腻的工作，他讨厌盖天地章，想必也不喜欢他现在正在做的贴海报工作。他停下动作，转过头来。

这本《青鸟》是堀口大学翻译的文库版。松仓认真地看着我手上的文库本，批评道：“这个图书馆竟然连《青鸟》都没有。”

“上个月才来了一本《马可·波罗游记》呢。很有名不代表图书馆一定要有吧。”

“再怎么说也太懒惰了。难道从来没有人想过要在校庆时演出《青鸟》吗？”

我还真没想到他会在这时提起校庆。我摆好《青鸟》，先在天的部分盖章。

“或许有吧，但是那个人一定不会来图书馆找，而是会去书店。”

“为什么？”

“因为觉得不在这里。”

我该说松仓不愧是松仓吗？他起先表现得有些不解，但是很快就露出笑容。

“你是说寻找《青鸟》吧。”

“首先是去……什么地方？”

“不知道，我没看过。或许是掉进地洞不停地下坠吧。”

我也没看过，所以我们或许没资格抱怨图书馆连梅特林克的《青鸟》都没有。我抬头一看，植田果然又对我们投以白眼。

松仓一边粗鲁地撕下已经过期的读书会海报，一边说道：“我今天看到的鸟是绿色的。”我还以为这是一句迂回的玩笑话，不知道该怎么回答，但松仓说的是真实发生的事，“上第四堂课时飞进来的。”

“飞进教室？”

“是啊。因为天气太热，有人开了窗子。”

外面又没有风，打开也不会比较凉。

“鸟飞进教室里，但我一点都不关心这件事，后来听到教室里乱哄哄的，我睁开眼睛一看，被吓了一大跳。”

“看到鸟了？”

“就在我的眼前。我虽然没有恶意……”松仓摆出了一副苦瓜脸。

“怎么了？”

“我条件反射地一手挥过去。我还以为野生动物不会那么容易被人打到……”

从他的语气听来，应该是命中目标了。

“你把鸟打下来了吗？”

松仓摇摇头："没有。我本来也这么以为，但是那只鸟又拍拍翅膀飞起来，飞到走廊去了。"

他说那只鸟是绿色的，这一带会出现的绿色野鸟多半是绣眼吧。那种鸟确实很接近青色，但是抓到也不会得到幸福。

"真残忍。"植田诚实地说出感想。

松仓刻意地耸耸肩膀说："我都说了我没有恶意嘛。好啦，这张贴完，我的工作就结束了。我有点饿了，等一下也还有事，所以我要先走了。"

松仓说完之后，贴上了最后一张海报。好巧不巧，那张刚好是野鸟观察会的海报。松仓说的"肚子饿"是很可信的理由，我也继续在《青鸟》的下方盖章，打算快点结束工作。

2

过完周末，到了星期一，在缺乏万全准备，也称不上毫无准备的状态下，期末考试开始了。前一天睡得很足，我神清气爽地去上学。

今天学校从一大早就不太平静。老师站在校舍门边催着我说"快点进去"，以前从来没发生过这种情况。一走进教室，我就看到写着考试时间的黑板前有几个人聚在一起说话，我经过他们身边时不自觉地竖耳倾听。

“听说被偷了。”

结果听到了这句耸人听闻的话。我和那几位同学不算很要好，所以我没有问他们“什么东西被偷了”，正在疑惑时，上课铃响了。

考试本身没什么特别之处，第一天考的是现代日文、化学、伦理这三科，考完之后我觉得还是很有把握的。图书馆的工作在上周五已经处理完了，所以考完以后没理由继续待在学校，我正想早点离开，就听见校内广播：“二年六班植田升，请立刻来学生指导室。重复一次。二年六班植田升，请立刻来学生指导室。”

是植田的哥哥。

这时我还没把广播和早上的紧张气氛联想在一起，等到期末考第二天，也就是星期二放学后，我才知道这两者有关联。

第二天考的科目是数学选修[1]、政治经济、古日文。我发现自己写古日文考卷时犯了粗心的错误，闷闷不乐地收拾东西准备回家，这时有同学叫着我说：“堀川，你学弟来了哦。”

我顺着同学的视线望过去，看到植田登站在教室门口。植

1　日本高中二年级的数学选修课程包括数列、矢量、概率与统计。

田和我对上视线就微微地点头，动作轻得像是呼吸时的微弱震动。

“突然跑来真是抱歉，我有事想跟学长商量，学长知不知道有什么地方说话不会被人听到？”

其实用不着问我，植田自己应该也很清楚什么地方最符合这个条件。在放学回家的学生中间，我们两人走向图书馆。要进图书馆当然需要钥匙，原则上图书馆的钥匙在考试期间不能借出，但我们学校管书的老师没有那么一板一眼，我猜只要走进图书准备室跟他说要借钥匙，他就会二话不说地借给我们。

事实上，根本不需要借钥匙。图书馆的门外挂着不开放的牌子，我试着拉一拉门扉，结果轻轻松松地就拉开了。柜台里面有个男生望着我们，他叹气并说道：“……哦，是堀川啊。”

那是松仓。如果被其他学生看到就麻烦了，所以我进去之后立刻关上门。

“你在这里干吗啊？”

“我正在想图书馆通讯的专栏，总觉得在这里比较容易想到题材。”

“考试期间你还这么悠哉。”

松仓轮廓立体的脸庞浮现了笑容。

“是很悠哉。”

然后他望向植田。

“怎么啦，植田，又来读书吗？”

植田说过想找个没人的地方谈话，但松仓已经先来了。我用眼神询问植田“没关系吗？”，植田点点头回答：“我也希望松仓学长一起听。”

“怎么？有秘密吗？说说看。”

植田轻轻点头，开门见山地说：“好的。其实是我哥哥被怀疑偷了考卷。那是七月六日的事，也就是上周五，有人偷偷溜进学校，把教职员室旁边的窗户打破了。你们知道这件事吗？”

我不知道，但松仓知道。

“好像是这样。”

“训导处的横濑老师说一定是有学生跑来偷考卷。”

我很想喊“等一下”，但又觉得应该先听他说完，所以又把话吞了回去。

“而且老师怀疑是我哥哥做的。你们也知道，我哥哥惹过很多事，如果他没办法解释清楚，说不定会被退学。偏偏在这么忙的时候……不，那个，总之就是因为这样，所以我现在很烦恼。”

我终于忍不住了：“等一下。”

“怎么了？”

我根本没办法认真地谈。我的语气里带着笑意："只是窗子被打破，老师怎么知道是学生来偷考卷？甚至认定是你哥哥做的？他的怀疑有什么根据吗？"

"我怎么会知道嘛。"

"冷静点，堀川。"松仓在一旁制止我。他的脸上也带着些许笑意。

"那可是横濑，会这样想也是应该的，只能说是植田的哥哥运气不好。"

"我听过这个老师的名字，但我没跟他接触过。他是怎样的人啊？"

松仓遥望着远方说："应该说是……名侦探吧。"

什么玩意儿？

"每次学校里出了事，横濑就会立刻指出一个学生的名字。我在九年义务教育和上高中的这一年见过很多老师，但从来没有见过他那种人。"

那他还真是不简单。我从来没去过教导处，所以也不知道有这样的老师。

松仓又补了一句："但有个小问题，他的控诉都毫无根据。"

"这是大问题吧？"

"他觉得那些学生被怀疑是他们自己的错，谁叫他们素行不良，如果学生拿不出证据来证明自己的清白，就表示事情是他们干的……所以一旦被他盯上就玩完了。”

这算哪门子的名侦探？根本就是异端审判官吧。

“差不多就是这样。”植田在一旁频频点头。

“……你也被叫去问话了吗？”

“是的。他一口咬定说我们学校里会做这种事的只有我哥哥，叫我坦诚地说出来，我想要解释，他就大吼‘少骗人了’。”

虽然知道抱怨无用，但我还是忍不住喃喃地说道：“这个人可能不太适合当老师。”

坐在柜台里的松仓耸耸肩，说：“总比当法官好吧。不过如果他哪天被停职，从学校里消失，我也不觉得奇怪。我们学校的教务主任很精明，不可能没注意到横濑有问题。”

不管怎么说，我们还是拿横濑老师没办法。植田找我们商量，该不会是要报复横濑吧？松仓把身体靠在椅背上，椅子发出轧轧的声响。

“也就是说，你哥哥被横濑怀疑，而你也被盯上了。我是很同情你们啦，但是你来找我们到底是要我们做什么？”

“嗯……”植田的脸上浮现出了斗志，“我不是怀疑我哥哥，但我也觉得有些事不太对劲……周五晚上哥哥什么都没说就出门了，到了晚上十点才回来。”

“他晚上出去夜游也不是稀罕的事吧？”

“话是这样说啦……但是哥哥没有告诉横濑老师那天晚上他做了什么事，也没有对家人解释。”

哦？

“我跟他说我很担心，叫他把那晚的情形说出来，但他只说他有证据，叫我不要担心，说完就出门了，今天早上才回家。哥哥不可能现在才开始担心考试成绩，但是依照他的个性，我很担心他可能因为看横濑老师不顺眼，就意气用事地做出什么不可挽回的事。”

“你就是因此无法专心准备考试？”松仓插嘴问道。

植田并没有露出不高兴的表情，点点头说：“坦白说，确实是这样。我在想或许该找人商量看看，就想到了堀川学长，因为堀川学长很会照顾别人。”

植田转头看着我，恭敬地鞠躬，然后说：“在考试期间来麻烦学长真的很抱歉，但是……能不能请学长帮我找出能证明我哥哥清白的证据呢？应该就在房间里，但我怎么找都找不到。如果可以找到证据，在关键时刻就能帮哥哥解释了……”

他停顿了一下，然后用落寞的语气说：“这样也可以让家人放心一点。我家人很担心，整天愁眉不展，因为觉得我哥哥好不容易进了高中，要是被退学就太可惜了。坦白地说，比起无端怀疑我哥哥的横濑老师，不对家人解释半句的哥哥更让我生气。”

植田平时说话有些尖酸，但脸上总是挂着笑容，如今他显然是一副不堪重负的模样。听完这些话，我不是不了解他的心情，只是……

“也就是说，你希望我们去搜你们的房间？”

“嗯，是啊……最直接的说法就是这样。”植田有些迟疑，但还是承认了。

我有点担心，不知道这样算不算犯法，但既然是家人要求的，应该没关系吧。

“交给我们吧，你也要在场哦。”我强调说。

植田一听就猛然抬头：“你愿意去吗？”

“没问题。现在吗？”

“那最好了。”

3

考试在上午就结束了，当然没有午餐时间。我们说好各自解决午餐，下午两点再到车站前集合。如果先回家再出来可能会来不及，所以我决定去车站前的速食荞麦面店。

从学校到车站大约要走二十分钟。在前往车站的途中，我对走在身边的松仓说：“话说回来……我没想到你也会去。”

刚才植田提出请求时，松仓说自己也可以帮忙，植田听了当然很感激，我却觉得很意外，因为松仓明明不喜欢被扯进这种莫名其妙的事。

松仓懒懒地直视着前方说：“宝贝学弟都烦恼到没心情读书了，身为学长当然要尽量帮忙嘛。”

他这番话一听就很假，所以我不知道该怎么回应。在红灯前停下来时，我又问了另一个问题。

“你对这些事了解多少？”

我的消息不太灵通，松仓应该也不太爱听同学讲闲话。果不其然……

“知道得不多。”他如此回答。

绿灯亮起，我们从停下来的车列前方悠哉地走过。松仓可能觉得自己回答得太简洁，走过斑马线之后又加了一句：“窗户是周五晚上被打破的。保安公司听到警报就赶来了，但是没有发现作案者。”

“横濑认定考卷被偷只是出于直觉吗？”

“也不能这么说。你去看过吗？被打破的是教职员室旁边的窗户。”

我思索着校舍的格局。教职员室在一楼，去我们教室的途中可以勉强看到，虽然角度有点斜，看得不太清楚，但也不至于完全看不到。如果窗户破了，我还是有可能看到的。

不对，等一下，松仓说的不是“教职员室的窗户”，而是“教职员室旁边的窗户”。

“你所谓的旁边到底是指哪里？”

“就是教职员室的走廊。现在贴着蓝色塑料布。”

原来如此。我去教室的途中看到的是教职员室的窗户，而教职员室的走廊是在另一侧，我当然看不到。

“你知道得真详细。”

“我去看过了。”

没想到他这么喜欢凑热闹。我开始考虑等明天考试结束后也要去看一看。

我们走在白天的街道上。车站前的拱廊商业街看不到几个路人，也听不到商店招徕客人的声音，感觉十分冷清。

暑假和寒假都是假日，即使平常走在街上也不会有特别的感觉，但考试期间走在街上不知为何却有些尴尬，感觉好像去了不该去的地方，说得更直接点，会觉得自己像在逃学。或许是因为路上穿西装的男性和看似要去购物的主妇都用疑惑的眼神瞄着我们吧。

松仓虽然回答了我的问题，但他好像一直心不在焉，我猜他大概在想事情，就没有多问了。等我们走到能看见车站的地方，他喃喃地说："我怎么想都觉得不太对。"

"什么事情？"

松仓皱着眉头说："我对偷考卷这件事有疑问。我不知道横濑当学生的年代是什么样的，但现在应该没人会做这种事了吧？"

"嗯，是啊，感觉很老套。"

我随口附和着，但我又想到另一件事。

"不过，植田的哥哥做事也挺老套的吧，听说他是因抽烟、骑摩托车、打架而被停学的流氓小子。"

"的确。不过这不只是印象的问题。"松仓轻轻地叹了一口气，"即使打破窗户溜进走廊，教职员室的门还是锁住了，我没听说门锁遭到破坏，事实上应该没有坏。就算开得了锁，他能找到考卷吗？"

听他这么一说，我也觉得如果是我闯进学校，找考卷一定不知道该去哪里找。不过……

"窗户被打破是事实，先不管动机是什么，我还真想不到学校里除了植田的哥哥，还有谁会打破窗户。"

"说是这样说啦……可恶。"松仓愤愤地骂道。他是因为打抱不平才这么生气吗？我也不是不理解他的心情。

松仓长出了一口气，像是要驱走某个念头，然后拍拍我的肩膀说：“算了，先做好心理准备吧。虽然不知道植田的哥哥在周五做了什么，但我不觉得我们能轻易地找到他不在场的证明。”

真不像他会说的话。

“是没错啦。反正这就是植田为了家人而尽其所能地努力、用来自我满足的仪式，我们适度地配合一下就好了。”

松仓睁大了眼睛：“什么嘛，堀川，你的想法很成熟啊。”

“少年总有一天会变成大人的。”

“既然是大人，请学生吃个荞麦面也没问题吧。”

“别开玩笑了。”

依照约定，我们在两点钟和植田会合。植田仍然穿着制服，他可能也是在外面吃的，或者根本什么都没吃。

从车站到植田家要走十分钟左右，那是一栋两层楼的公寓，屋顶是褪色的粉红色，外墙是奶油色，室外的走廊设有扶手，扶手的白漆受到岁月的严重侵蚀，到处都有龟裂和锈迹。

“房子这么破旧真是抱歉。”

没必要为这种事道歉吧？

植田带我们到二楼角落的一户。他说“很狭窄”，或许是因为玄关摆了个伞架。看起来确实很窄。地上已经摆了一双拖鞋，再加上我们三人的鞋子就没有剩余空间了。

“打扰了。”我打了招呼，踏上木质地板。

每个家都有各自的味道，自己家的味道就算再不好闻，还是能让人感到安心。植田家有着咖喱的味道，一闻就知道他们昨天的伙食是什么。

我四处张望。从玄关走进去第一个看到的是厨房，那里摆了餐具柜和餐桌，桌上放着电饭锅和微波炉等电器，感觉非常拥挤。

就算厨房再怎么小，会因为几件生活家电就变得这么拥挤吗？我仔细观察，发现墙边摆着一件大型物品，上面盖着茶色的布，那东西的前后长度不长，但左右很宽，布罩下面露出踏板，要说是钢琴似乎小了点，八成是电子琴吧，而且我还看到了没有插在插座上的电源线。

“直接去我的房间吧，请往这里走。”

背对玄关，前方和左边各有一扇纸门，植田拉开左边的纸门，对我们招手。

房间约有三坪[1]大，地上铺着榻榻米，两张附书架的书桌背靠背地摆在房间中央。植田说和哥哥共享一个房间，果真如此。我现在可以理解，他为什么要去图书馆读书了。

可能是因为房间中央摆着大型家具，所以房间显得特别窄。但我知道为什么要把书桌放在房间中央，因为高高的书架可以挡住视线，若是没有书桌挡在中间，植田和哥哥只要待在房间里就得一直看着对方，肯定让人很不自在。

除了书桌之外，还有一个小书柜和两个小衣箱。我稍微看了一下书柜里的书，里面有《狮子、女巫、魔衣橱》《说不完的故事》《泰忒斯诞生》《永恒战士：梅尼波内的艾尔瑞克》等，全都是奇幻小说，这是植田的兴趣吗？

角落的地上堆着棉被，像是植田用的那条很整齐，像是哥哥用的那条却很乱，两条棉被上都放着枕头。墙上钉着吊钩，挂着一套学生制服。像是植田哥哥用的书桌旁边放着黑色书包，可见他已经回来过了。

当我正在观察时……

“堀川，你比我想象的更厚脸皮呢。”松仓突然说道。

“为什么这样说？”

1　日本面积单位，三坪约10平方米。

松仓稍微转开视线，不自在地扭着脖子。仔细一看，他还没踏进房间。

“我知道我们是来搜房间的，但我还是不好意思随便走进别人的房间。”

如果这是植田哥哥专用的房间，我多半也不敢随便走进来，但这是植田兄弟俩共享的房间，既然植田请我们进来，那就没必要客气了。我只用简单的一句话总结了这些想法：“来都来了。”

松仓苦笑着说：“也是。”

他踏出一步，走进房间，然后转头问植田说：“你哥哥去哪儿了？我可不希望他看到我们在这里。”

植田的表情很冷静：“哥哥去打工了，九点才会回来。”

“九点啊……现在是考试期间，他还这么晚回家？”

“他就是这种人嘛。”

松仓并不是在质疑植田，只是这种时候最好慎重一点。

我也谨慎地问道：“这是他自己说的吧？说不定还是会突然回来。”

植田有些不高兴了：“他在live house打工。我没有进去过，但我看过哥哥工作的样子，他那时在搬啤酒箱。”

松仓微笑着说：“哦，live house啊。说不定我也看过。”

我没有去过那种地方，所以应该没看过吧。

这事就先不管了，植田是要请我们查出他哥哥上周五做了什么事，借此证明他没有去过学校。既然要找证据，就得先知道一件事。

“我们是要查什么时间的不在场证明？”

“哦，对，我正打算说呢。”

植田像是在回想，慢慢地说道：“是周五的傍晚，最后一个老师离开学校是在七点左右。发现窗子破掉是在周六早上，听说是假日去工作的老师看到的。”

“这是你哥哥从横濑那里听来的吧？”

“是的。我不觉得他在说谎。”

我也不是在怀疑他，只不过是确认一下信息的来源。

松仓一脸不耐烦地说道：“所以现在做什么？我们得查他从周五晚上到隔天早上的不在场证明吗？太长了吧。”

“不是啦，他当晚十点就回家了，所以只有从七点到十点。”植田轻轻摇了摇手，“我还没说完呢。周六早上老师正在检查破掉的窗户时，有个附近的居民说看到了玻璃被打破时的情况。”

松仓的表情明显绷紧了：“有人看到？”

“好像吧，听说是个子很高的男生做的。这也是横濑老师怀疑我哥哥的原因之一……”

三人同时陷入沉默。我们学校是男女合校，有一半的学生是男生，其中半数男生的身高高于平均值，光是现在在房间里的三个人，称不上“个子很高的男生”的也只有植田一个。

我干咳两声转换气氛。

“哦……知道时间吗？”

植田松了口气似的点点头：“是的，听说是晚上七点半左右。”

“嗯……”

现在是七月上旬，白天比较长。我不太记得当天的情况，总之，太阳下山的时刻应该是七点左右，所以七点半天都黑了。

“那真是太好了。既然知道事情是七点半发生的，要找不在场的证明就简单多了。”

松仓一如往常地表现得不太乐观：“不见得。如果不能多了解一些他周五晚上的行动，事情就难办了。关于他十点回家以前的事，你知道多少？”

植田点点头：“我也正打算说。其实周五傍晚哥哥给我打过电话。”

“哦？”

“他说要晚一点回来。还有一件事让我很在意……他在跟我打电话时，我听到他那边有电车的发车铃声。我记得那个旋律，那是北八王子市车站的铃声。后来他说要上车，就把电话挂了。”

我和松仓互看了一眼，同时问道：

“几点？”

“我不记得详细时间。”

“他不是打电话到你的手机吗？”

“是啊……啊！”

植田看起来一副精明的样子，没想到反应还挺慢的，他明明是用手机接的电话，却忘了手机里会留下通话记录。他急忙从口袋里拿出手机。

“呃……周五的十七点零六分。”

多知道一个时刻真是太幸运了，不过我有一个疑问。

“你哥哥经常像这样打电话通知你回家时间吗？”

我的想法是，如果他只有上周五这样做，说不定有什么特别的用意。但植田很干脆地回答：“没有经常啦，因为我们都要分担家事，所以有事耽搁的时候都会互相通知。通常是发短信，但有时也会直接打电话。”

这么说来，他打电话给弟弟并没有不寻常之处。

“我知道了。后来你哥哥又联络过你吗？”

“没有。”

“等一下。”

我从书包里拿出笔记本和自动铅笔。我撕下一张纸，在上面写字。

“所以情况应该是这样。”

七月六日（周五）

十七点零六分　植田升　从北八王子市车站打电话回来

十九点半　窗子被打破

二十二点　植田升回家

注意：从车站到学校要走二十分钟

之后可能还要再写很多东西，所以我在中间留了大片空白。周五只有上午有课，不需要考虑放学时间。

植田在看我的笔记时，松仓用自己的手机在查询某些事。他大概是查完了，只见他把手机收回口袋，指着我的自动铅笔，我把笔交给他，他在纸上加了两行字。

十七点零六分　中央在线行发车

十九点零一分　日落

只知道中央在线行也不能确定他去的是哪一站，但我们至少知道有电车在符合通话记录的时间发车，因此可以确定植田在电话里听到的发车铃声是真的。

“你知道你哥哥搭中央在线行电车可能会去哪里吗？”松仓问道。

植田歪着脑袋思考。

“他常常去新宿，也会去吉祥寺和高圆寺的live house……但我不知道详细位置。”

这事果然不容易。

我又问了一个问题：“你说可以证明你哥哥清白的东西在家里，是什么理由让你觉得东西放在这个房间，而不是其他房间？”

植田想了一下。

“……哥哥很少去客厅，而且他绝对不会进主卧室。”

“嗯……所以这间公寓有三个房间了？从玄关只能看到两个房间啊。”

“是的，主卧室在客厅后面。”

说完之后，他像是要确定自己的想法，又缓缓地加上一句：“所以哥哥的东西应该全都在这个房间里……而哥哥说过他有证据……”

植田此时露出了惊觉的表情。

“这么说来，我只是一厢情愿地期待东西在这个房间吧。”

我就知道是这样。

植田光凭着这种期待就把我们找来，但松仓表现得很体贴，他拍拍植田的肩膀，说：“我也希望东西在这里。”

该问的事情差不多问完了，我和松仓又环视着三坪大的房间，两人同时开口。

“那我们开始吧。”

“早点把事情给解决了。”

4

纸门那一侧的墙壁挂着两幅很大的画，一幅是戴着帽子的少年站在灰色背景前吹横笛，另一幅是金发女人穿着红色和服在画满团扇的背景前跳舞，两幅画我好像都看过。

此外，那不是一般的画，而是拼图。两幅都是直的，长度约一米。

“是三千块儿的吗？”松仓问道。

植田的郁闷顿时一扫而空，他开心地笑着说：“是啊。”

“真厉害。是你拼的吗？”

“我去年迷上了拼图，玩这个可以消除压力。”

植田现在是高一，所以他去年是考生，沉迷这种东西还能考上高中，看来他说自己成绩不差并不是在说谎。

我仔细打量着那两幅画，说道：“我应该见过这两幅画。”

松仓指着吹笛少年说：“马奈。”接着又指着穿和服的女人说：“莫奈。”

“真的吗？”

“真的。也有可能弄反了。”

太不可信了吧。欣赏名画也该适可而止，我们继续办正事。

放眼望去，植田哥哥的私人物品都集中在书桌附近，这个房间里没有壁橱或衣柜，所以不可能收在看不到的地方。或许其他房间还有给他摆东西的地方，但植田只要求我们搜这个房间，所以我就不管那么多了。

最乱的地方是桌子，笔记本和课本、音乐杂志和CD，各种东西杂乱无章地丢在桌子上，但数量不多，也没有叠起来，所以一眼扫过就能大致了解有哪些东西。

我发现桌面的边缘有一张明信片，那是今年的贺年卡。现在都已经是七月了，贺年卡还丢在桌子上。

“真不简单。”我忍不住发出赞叹。我也不喜欢整理房间，但我至少会把贺年卡收起来。

“抽屉里面我已经仔细检查过了，没有看到像证据的东西。”

既然如此，我们只要聚焦在桌面上的东西就行了。

松仓歪着头说：“希望似乎很渺茫。跟时间有关的东西只有那本杂志吧。那是最新一期的。”

“如果他周五晚上七点半左右在市区外买了一本最新的杂志，就能当作不在场证明了。”

“真行。”松仓用懒得回应的语气说道，但还是慎重地拿起杂志翻阅。那是一本摇滚乐杂志，内容全是没在电视上见过的歌手，书里也没有夹着什么东西。

“我还以为会有东西。”

“植田的哥哥说他有证据，这么重要的东西怎么可能夹在杂志里啊？”

“是吗？夹在杂志里才不容易弄丢吧。”松仓一边说，一边望向书桌旁边的垃圾桶。那是一个焦褐色的桶，铺着超市的塑料袋，里面可以看到卫生纸、广告传单，还有冰品的包装袋。我从松仓的眼中看出了犹豫。的确，搜别人的垃圾似乎太不尊重别人的隐私。

我不认为证据会丢在垃圾桶里，但是既然植田怎么都找不到证据，说不定东西的位置出乎我们的意料。我见松仓那么在意垃圾桶，就对植田说：“植田，那个垃圾桶最后一次清理是什么时候？”

“我不确定……因为不太常用，大概是一周前吧。”

“很好，检查一下里面吧。”

“啊？我来吗？”

植田虽然嘴上抱怨，但也没有表现出排斥，直接把手伸进垃圾桶翻找。

几分钟后，除了普通的垃圾之外，我们找到了两样和时间有关系的东西。

“有两张收据……”松仓指着皱巴巴的收据喃喃地说道。

一张是便利商店的冰品收据，时间是昨天，星期一，可见和这次的事没有关系。另一张倒是令人挺在意的。

“这是你的吗？”

植田摇摇头，所以肯定是他哥哥的。

这是车站前的中古书店“SEDORIN北八王子市站前店”的收据，购买的物品是“漫画精装本”四本，每本两百五十日元，时间是周五的十六点二十分。

我沉吟道：

“嗯……是事发当天开出来的呢。可惜时间差太多，没办法当作不在场证明。”

“如果凶手真的是植田的哥哥，他会先跑去买漫画还挺奇怪的。”

我做出挥棒敲打东西的动作：“说不定他是用这个来敲破窗户的。”

“敲不破啦。”

我耸耸肩。松仓对我的玩笑话毫无反应，只是一脸凝重地盯着收据。

“精装本漫画四本……不知道是怎样的漫画。”

“要不要打电话问问看？”

“这个嘛……”松仓望了天花板一下，然后摇头说，“既然收据上只写了‘漫画精装本’，他们那边应该不会留下商品的详细记录，就算真的有，也不会告诉区区一个学生。”

我也这么觉得。不过松仓为什么这么在意跟不在场证明无关的漫画呢？难道他对现代罕见的流氓小子的阅读喜好很感兴趣吗？松仓丢下收据，大概是放弃了。

“算了，这事就先放着吧。”

桌子和垃圾桶都搜过了，但还有重要的东西没看，那就是放在书桌旁的书包。那是黑色的手提包，材质似乎是尼龙，只有边角和提把的部分是皮革制的，提把和包用亮晶晶的金属扣在一起。我和松仓都盯着那个书包看。

“你哥哥上周五是先回家一趟才出门的吗？”

植田皱着眉头思索。

“他应该没有先回家，就算回来了，多半只是为了顺路买东西吧。”

“他十点回家时穿的什么衣服？拿的什么东西？”

“啊，他穿着制服，拿着这个书包。我之前也稍微看了一下里面的东西……”他说得好像很没把握。

松仓叹了一口气：“还是打开检查看看吧。”

“一样让植田去做吧。”

既然意见相同，我们就决定让植田去翻他哥哥的书包。他身为主事者，有什么过错就该由他承担。

植田是第二次翻哥哥的书包，但还是表现得很犹豫。他像是在摸什么冰冷的东西，只用指尖去拿，结果掏出了各种各样的东西。

和课业有关的东西只有文具。现在是考试期间，带着文具是应该的，但他考前似乎不会看课本温习。包括成块的灰尘和口香糖包装纸在内，书包里装了很多引人注目的东西。附有小钢珠店更换新机广告的纸巾包、没听过的乐团的演唱会宣传单、零钱一百二十一日元、塑胶制的小瓶子，还有“家庭平安”的护身符。

我们一个一个地观察。

首先是面巾纸。夹在里面的广告写着四月二日引进新机，可见这包面巾纸已经放很久了，证据就是包装变得皱巴巴的，面巾纸因吸收了湿气而膨胀。传单上的演唱会时间是两周前的星期天，所以这和上周五的不在场证明也没有关系。我心想上面会不会有字迹，拿到电灯下一看，也没发现任何类似的痕迹。

零钱……嗯，就只是零钱。小瓶子有点像眼药水，不知道里面装的是什么，看起来有点类似附在便当里面的鱼形酱油瓶。瓶身是绿色的，上面贴着标签，里面装着液体。

“这是什么啊……”

松仓听到我的喃喃自语，就拿起瓶子，转开盖子，然后慢慢把植田的右手拉过来，用很自然的动作把瓶子里的溶液滴了一滴在植田的手背上，他吓得发出可爱的尖叫。

“有怎么样吗？”松仓还这样问他。真是太恶劣了。

植田起初哭丧着脸，但过了一会儿就振作起来了，他仔细看着自己的右手，又用左手食指轻轻地摸着被液体滴到的地方。

“没怎么样啊。好像……有一点味道。”

“有滑滑的感觉吗？”

“没有。这到底是什么啊？”

松仓把小瓶子丢给我，我急忙用双手接住。

“上面写着英文，但不知道是什么意思。”

贴在瓶子上的标签用大写英文字母写着“LONG LIFER”。真可疑，难道植田的哥哥正在研究长生不老药吗？

后面还写着注意事项。

“如果接触到皮肤请立刻冲洗干净。”

植田再次发出惨叫，急忙冲出房间。

“好啦，接下来是这个。”松仓似乎对瓶子失去了兴趣，拿起护身符来看。

“是八幡宫的。他们也在卖‘家庭平安’这种护身符啊……”

“不要讲得像卖凉面一样。”

“这个是用白布做的，但是没有变脏，应该还很新吧。”

听他这么一说，我把护身符和脏脏旧旧的纸巾包比较一下看看，护身符确实没有任何的脏污或破损。这护身符是和零钱一起放在侧面口袋里的。

“嗯……”

我看不出这东西和不在场证明有什么关系，毕竟上面没有任何和时间相关的线索。在这半个房间里还有其他可以检查的地方吗？

我想到还有一个地方，于是转头盯着挂在墙上的制服。

“……松仓，植田的哥哥昨晚也出去玩了，对吧？”

“植田是这样说的。”

“你觉得他会穿制服出去吗？”

松仓歪着头。

“穿制服在路上游荡太引人注目了。虽说穿制服出去夜游可能会被辅导员逮到，但我也不是没看过别人穿着制服出去玩。怎么了？”

说不定……可是……

“如果植田的哥哥昨晚穿着制服出去，植田就没机会调查这件衣服了吧？”

松仓笑着竖起拇指：“说得对。”

现在正当夏季，衬衫应该拿去洗了，但裤子可能还没洗过。

说也奇怪，我觉得翻人家的垃圾桶很尴尬，所以才会叫植田去做，翻人家裤子口袋却不会有罪恶感。我没有把裤子从衣架上拿下来，而是直接把手伸进口袋。

此时植田一边擦着手一边走进来。

“找到什么了吗？”

“没有……不对，等一下，有哦。”

我从口袋里掏出来一张皱皱的纸片，上面印着大大的“优惠券”。松仓说“给我看看”，于是我把东西放在植田的桌上，三人凑在一起看。纸上是这样写的：

来来来轩　优惠券

· 主餐加大、调味水煮蛋、半份炒饭、饺子（三个），任选其一。

· 午餐时间不可使用。

· 有效期限为发行日起的一个月内。

下方盖了一个章："有效期限至8.6"。

这样看来，植田的哥哥很可能在七月六日去过这家"来来来轩"吃饭。周五只上半天课，所以也有可能是去吃午餐，如果吃的是晚餐，就能当作他七点半的不在场证明了。

我们三人交换着视线，却没有一个人开口，所以我问道："你们听过这家店吗？"

松仓和植田同时摇头。虽然只是碰巧，但他们完全同步的诙谐动作还是让我忍不住笑出来。

至于有效期一个月的规则该怎么解释呢？

"意思是三十天之内有效吗？还是说，因为七月有三十一天，所以是三十一天之内有效？"

松仓立刻回答："应该是到隔月的同一天为止吧，这样就不用考虑一个月的长度，就算是二月也能简单地处理。"

“很有道理，但不知‘来来来轩’的做法是不是这样。”

“一定是的，不然现在打电话去问问看吧。”

但是优惠券上面并没有地址，也找不到电话号码，看来只能用手机搜寻“来来来轩”的位置了。起初是植田在搜，但他一直找不到，所以松仓和我也各自拿出手机，我们在三坪大的房间里围成三角形，默默地各自搜寻着。

过了两三分钟，我们下了同样的结论：“找不到。”

用“北八王子市”和“来来来轩”去搜寻，一条符合的结果都找不到，但是只用“来来来轩”搜寻就会得到上百条结果，令人不禁感叹日本真是个广阔的国家。我们可以一家一家地打电话去问“这优惠券是你们的吗”，但是这类优惠一定到处都有，打电话去问，恐怕不会有收获，再说我们也不知道是不是每一家“来来来轩”的资料都可以在网络上找到。

松仓把手机放回口袋，摇着食指说：“植田，你们家有电话簿吗？或许只是网络上没有那家店的资料，所以还是查查电话簿吧。我猜应该是拉面店。”

“或许是中华料理店？”

“从优惠的菜单看来一定是拉面店啦，但我们还是两种都找找看吧。”

植田立刻走出房间。

我问道：“你觉得电话簿里会有这家店的资料吗？”

“应该没有。如果本市有这么好笑的店名，我们三个人之中一定会有人听过。”

“这么说的话，植田的哥哥周五应该去了外地了？”

“既然他去过车站，想必是去了外地。”

说的也是。

松仓用手捂着下巴思索，依照平日的习惯开始自言自语。

“他先搭电车，然后去了拉面店……在那之前还去了SEDORIN中古书店。还有‘LONG LIFER’和‘家庭平安’。我想应该不是每样都有关系，但是……”

他突然把视线转向我，问道：“你有发现什么吗？”

听他这么一说，我确实注意到一两个地方，但我觉得这些都和不在场证明无关，所以就没有说出来。现在植田不在，比较方便说话。

“玄关太窄了。”

“是啊。”

“是因为拖鞋吧。”

松仓眯着眼睛皱起眉头，像是表示“你在说什么啊”。但松仓不愧是松仓，他一下子就露出恍然大悟的表情，必定是想到了。

“对啊，因为放了拖鞋，玄关才会那么窄，放不下更多的鞋子。”

植田回来了。

“我找不到电话簿。”

松仓似乎被他这句话拉回来了，转头说道：“辛苦你了。我不太好意思问你们家里的事，但既然是你请我们来的，我还是请教一下好了。”

植田可能有不好的预感，所以只“哦”了一声，没有走进房间。

松仓直截了当地问道：“植田，你们家里有人住在别的地方吗？”

5

家人不住在一起可能有很多理由，譬如单身外派之类的，没有必要隐瞒，但植田的回答是：“你为什么会这样想？”

松仓搔搔头，说：“为什么……好吧，第一个理由是电子琴。厨房那么窄，不适合弹琴，而且电源线也没有插上，为什么还要放在那里呢？”

“从很久以前就放在那里了。”

“我想也是。还有就是拼图。”松仓指着墙上的拼图，“这拼图太大了。要拼这么大的拼图，需要很宽敞的空间。这个房间到了晚上要铺两床棉被，所以不会是在这里拼的。厨房不用说也知道不可能，这个家里还有能拼三千块儿拼图的地方吗？”

植田爽快地承认了：“我想没有吧。”

“最后是拖鞋。若只是要出门一下，有拖鞋会比较方便，但是因为那双拖鞋在，玄关只摆得下三双鞋子就是另一回事了。除了你们兄弟俩的鞋子之外，只能再摆一双鞋子，而你们家的三个房间分别是兄弟的房间、客厅，以及主卧室，不像和父母分开住，这么说来，想必父母之中的一人住在其他地方。”他停顿了片刻，“全部加在一起看，我猜你们家去年之前是住在更宽敞的房子，后来因为父母离异，付不起房租，才搬来这里的。”

鞋子的事是我先注意到的，但我不知道松仓已经从鞋子看出了端倪。植田也一样，他看起来一脸讶异，但还是问道：“你没有想过可能是某人过世了吗？”

“想过啊，但是桌上放着今年的贺年卡，想必去年没有发生过丧事。也有可能是今年才发生的，但我想到的是其他的可能性。”松仓直勾勾地盯着植田，“你们会留着那么占空间的电子琴，应该是最近准备搬到更大的房子，或是你们一家三口之中有一个人即将离开，所以会空出更多位置吧？如果不是父母要复合的话……”

听到这里，植田僵硬的表情稍微缓和一点了，他露出苦笑，举起双手做出投降动作。

“我也没必要隐瞒啦，你说得没错，我父母在去年年底分开了，哥哥也是从搬来这里之后才开始夜游的。”

的确，我在去年以前都没听过植田升的传闻。他会开始夜游说不定也和住进狭小的房间有关。

“我想他们一定不会复合了，妈妈和我都打心底看不起爸爸，但是哥哥高中毕业之后要去跟爸爸一起住，也就是一人分到一个孩子。留着电子琴也是因为这里以后只有两个人住。”

“电子琴是你的吗？”

“不，是我妈妈的。”

松仓点了几次头。

“知道了这些事，我就能推测出上周五的情况了。我想你哥哥应该是去探病吧。”

“探病？”

植田愕然地问道，我则顿时豁然开朗：“是因为漫画吧？”

明明有四本精装版漫画的收据，房间里却没有这些漫画。依照植田刚才说的话，他哥哥不会去客厅，也不会去主卧室，他买了漫画应该会放在这个房间，所以在这房间找不到漫画很不合理，若说是带去探病用的，那我就能理解了。

松仓笑了笑，说："这只是其中一个理由。堀川，你会怎么翻译'LONG LIFER'这个词？"

干吗突然考我英文？

"大概是延长寿命，或是延长保存期的东西吧？"

"我猜那个应该是延命剂。"

有什么药会取这么笼统的名字？我和植田都愣住了，松仓大概是不耐烦了，他跺着脚说："是鲜花的延命剂啦，可以让花开得更久。那一定是在花店买的！"

我没有买过花。植田说："是这样吗？"他一定也没买过。

"就是啊，你们这些没情调的家伙。你们想想，他买了精装版漫画，也就是比较厚的、可以看很久的漫画，但这个房间里却找不到漫画。他有买过花的迹象，但房间里也没有花。或许是你哥哥交了女朋友，但他忙着打工，没有这种闲工夫，所以他买花和漫画很可能是去探病。我大概猜得到他为什么不告诉你们这件事，听了你刚才说的话，我就更肯定了，因为你和你妈讨厌你爸，所以他才会故意不告诉你们。"

"他竟然……"植田一脸惊愕地陷入了沉思。

松仓继续说道："我也不敢保证他一定是去探病，反正重点只是你哥哥周五晚上去见了什么人。更直截了当地说，我想知道的是“来来来轩”的地点在哪里。就算你和你爸关系不好，你还是应该知道他住在什么地方吧？”

植田苦笑着回答：“西东京市。”

“我知道了。”

我看出他们对话的脉络，所以已经拿出手机开始搜寻。我输入“来来来轩”和“西东京市”。

“找到了。”

松仓朝我瞄了一眼，问我：“有地图吗？”

“等一下。”

没多久我就找到了西东京市的拉面店“来来来轩”的周边地图……这家店的正对面就是医院。

“有医院。真有你的，松仓。”

“那就好。不过问题还没解决，这能当成不在场证明吗？”

他说得没错，我们不是来探听植田家的私事的，而是受植田所托来调查他哥哥的不在场证明的。我们立刻打电话给“来来来轩”，电话响了两声就有人接听了。我开启免提，让松仓他们也能听到对话。

“您好，这里是‘来来来轩’。”

“喂？不好意思，我想请问你们是不是在发优惠券？”

“对的。”

“我有一张八月六日到期的优惠券，请问你知不知道这是哪一天发的？”

“啊？应该是七月六日，因为我们只是把月份改成下个月。您要问的就是这些吗？”

“啊，那个，你们午餐时间也有优惠券吗？”

“没有，只有晚餐时间。问完了吗？好的，谢谢光顾！”

电话爽快地挂断了。

“情况就是这样。”

松仓翻了个白眼：“我本来还在想，要怎么套出他们的话，没想到你直接问他们就直接回答了，真是可喜可贺啊。”

直截了当不是松仓的风格，迂回地套话才是。

总而言之，我们基本上可以确定植田的哥哥在七月六日去过西东京市。植田在电话中听到的发车铃声说不定是他哥哥回到北八王子市时的铃声，而非出发时的铃声，但是优惠券若只在晚餐时段发放，就不用考虑这种可能性了。我们可以认定植田的哥哥搭乘十七点零六分的电车到西东京市，去了那里的“来来来轩”。虽然不能否认他还是有可能拿别人的优惠券来伪造不在场证明，但我们的目的只是要找出植田想要的“证据”，至于要不要相信这个证据，那就是植田自己的问题了。

现在我们唯一要解决的问题就是到西东京市的最短时间。

“西东京市……是哪一站啊？”

“离医院最近的车站是田无站。搭乘十七点六分的电车到那里，需要……五十八分钟。”

松仓也在按手机。

“从田无站到‘来来来轩’……应该说到医院，需要搭十二分钟的公交车，其实走路也可以到。如果我们假设他在‘来来来轩’什么都没吃，一到那边就立刻折返，也就是只需要花五十八分……”

他在刚才那张纸上写下：

七月六日（周五）（假设一到达就有电车或公交车，以最短时间计算）

十七点六分　植田升　从北八王子市车站打电话回来

十七点六分　中央在线行发车

十八点四分　到达田无站→十二分钟

十八点十六分　到达来来来轩→十二分钟

十八点二十八分　从来来来轩到田无站→五十八分钟

十九点一分　日落

十九点二十六分　到达北八王子市车站

十九点半　窗子被打破

二十二点　植田升回家

注意：从车站到学校要走二十分钟

“假如不做其他事，用最快的速度行动，就能及时赶回车站……”

“但是来不及去学校。”

不知道是谁发出了叹息。松仓把“来来来轩”的优惠券交给植田，说道：“既然他有七月六日发行的‘来来来轩’优惠券，当天十九点半就不可能出现在学校。这就是不在场证明。”

植田看着手中的优惠券，喃喃地说着：“哥哥竟然去了爸爸那里……”

我知道这个结果令他大感意外，但他到底有没有听见松仓说话？他在忙碌的考试期间拜托我们来做这么麻烦的事，却没有表现出半点感谢之意。等到考试结束后，我可能需要好好教育教育他。我一边想着这些事，一边和松仓走出了植田家。

6

真不愧是七月，太阳到现在还没有下沉的迹象，热辣的阳光刺痛了我的皮肤。离开植田家之后，我不经意地回头一望，心想，那么大的电子琴是怎么搬进那么小的门的？

我随口提起这事，松仓立刻回答："可以拆开啊。"

"这样啊。"

这一带的路很窄，车子却很多，马路中间没有分隔线，但又不是单行道，前后都有车辆开过来，令人不敢掉以轻心。好不容易走到有人行道的地方，我大大地伸了个懒腰。

"呼……真是累死人了。"

"我也这么觉得。"

"明天还有考试呢。话虽如此，能够解决学弟的问题真是太好了，这么一来，植田的哥哥就能洗清罪名了。"

"关于前面那点，是啊，太好了。"松仓把包扛在肩上，用嘲讽的语气说道，"后面那点就很难说了。"

"我们不是帮他找到不在场证明了吗？"

松仓朝我瞥了一眼："找到又怎么样？"

"……也不需要怎么样啊，本来就只是为了让他的家人别再继续担心。"

"是这样就好了。"他这句话似乎别有深意。

"你不这么想吗？"

松仓抬头看着天空。

"我不知道。如果植田的哥哥拿不出不在场证明，最后被退学了，他就会提早去和父亲一起住，这样植田的房间就变大了，也能专心读书了。”

一大片云朝着西方的天空飘去。

“还有一点，如果他哥哥被退学，帮忙找出不在场证明的人必定会揭发植田藏起证据的事。植田之所以选择图书委员会学长这种不太亲近的人来帮忙，或许就是因为闹翻了也无所谓。我能说的就只有这些。”

我的确怀疑过，为什么植田会找我帮忙呢？他说因为他找不到证据，但这句话不能用来解释他为何选择我，我并不是擅长寻找不在场证明的行家，和植田也不算特别亲近。

如果是因为和不算特别亲近的人闹翻了也不会有太大的损失……说的也是，松仓的分析很精辟。但是……

“我不这么认为。我觉得植田是真的想让母亲放心，他选择我只是因为觉得我会帮忙，我也相信他会把拉面店的优惠券放回哥哥的制服口袋。”

“或许吧。”松仓漫无目的地踢出一脚，说道，“不管怎样，他哥哥是不会被退学的。就算横濑再怎么蛮横，退学可是很严重的事，其他老师一定会详细调查的。”

一辆大卡车从我们的身边驶过，尾气吹起一片尘埃，我急忙捂住口鼻。

车站出现在前方。回去以后还得用功读书。今天考古日文时犯了粗心的错误，希望明天别再发生这种事情。说到这个，我也顺便处理另一件憾事吧。

“若是这样就太好了。”

“嗯？”

“如果植田的哥哥不会被退学就太好了。说得更直接点，他没有被嫁祸真是太好了。”

“……是啊。”

眼前的交通信号灯变成绿灯。心情真舒坦。

“对你来说也是好事吧，松仓。”

喉咙好渴。路边的小停车场有自动贩卖机，我很想买些东西来喝，但还是决定晚点再去，现在还有正事要谈。松仓讶异地问我：“这话是什么意思？”

“你说呢？正如你觉得植田会找我帮忙很奇怪，我也觉得你会主动跑来帮植田的忙很奇怪。我能说的就只有这些。”我模仿松仓刚才的语气说道，“还有，当植田说附近居民看到了事情经过时，你紧张得一点都不像平常的你，这点我也很奇怪。”

“你明明说‘能说的只有这些’，怎么还继续补充？”

“发现窗户破掉的是周六来上班的老师，你却说是保安公司听到警报派人跑过来的，这点也让我觉得很怪。该怎么说呢，我猜你是太在意保安公司，才会想到那里去。或许只是我多心了。”

路上好像掉了什么东西，两只麻雀在前方啄着柏油路。我们没打算对它们做什么，但我们一走近，两只麻雀就立刻飞走了。松仓看着麻雀喃喃地说道：“这事不能说是我害的，但也不是和我毫无关系。”

“你是指植田的哥哥被人怀疑的事吗？”

“那也是其中一点。”

松仓在一条小巷的路口停下脚步，放下肩上的书包，看着自己的右手。

“我要说的是打到鸟的事。”

“鸟？”

“就是那只绿色的鸟。”

对了，松仓上周五说过窗外飞进来一只绿色的鸟，被他不小心打中了。

“它不是飞走了吗？”

“飞到走廊上了。”

他星期五做了什么？

放学后在图书馆里，他和我一起处理图书委员的工作，后来他说有事就先离开了。

松仓像平时一样搔搔头。

“我去找那只鸟，发现它被困在走廊里出不去。它可能认出了我是打过它的人，一看到我就逃走了。若是我把窗子打开，等我离开之后也会被其他人关上。”

“所以……你为了让鸟飞出去而打破了窗户？”

“对啊。”

他的语气之中没有得意，也没有愧疚，就像在谈论天气一样。

“说什么对啊……你这家伙。”

“只不过是一块玻璃嘛，拿去修理也花不到三万日元。”

这不是重点吧？松仓用揶揄的眼神看着我，像是在质问我“什么嘛，你觉得玻璃比鸟还重要吗？”

不，这不是重点，重点是……

是什么？法律吗？我会指责松仓是因为打破窗子违反法律吗？

“……你又不确定鸟一定会从那里逃出去，说不定过几天就会在学校里看到鸟的尸体。这么一来，你就只是白白打破了窗户。”

松仓笑着说：“那也没办法，我只是做了我能做的事，就像自我满足的仪式吧。”

他又把书包扛到肩上，转身朝着自己家的方向走去。从他的背影处传来了声音："拜拜啦，堀川。我明天也要考试，互相加油吧。"

我看着他的背影远去时，听见了鸟鸣声。是刚才的麻雀吗？还是绿绣眼？

松仓远去的背影让我觉得好陌生。

没有的书

1

大家都知道有个三年级学生死了，但是没有一个人知道详细情况。

听说那人是自杀的。他是个男生，名字有志野、北林、吴这三种版本。有人说看到这件事上了电视新闻，另外几个人附和说自己好像也看到了，但多半是胡扯的。新闻根本没有提过三年级学生死掉的事，所以我不知道他的长相。

有人说他死在家里，也有人说是在河岸或公园，共同点都是说他被考试压力逼得精神不正常。关于自杀的手段，有人说是上吊，有人说是开瓦斯自焚，还有人说是两种都有，也就是先放煤气，再上吊，然后点火自焚。

“第三种说法是不可能的吧。”放学后的图书馆，松仓诗门一边百无聊赖地转着自动铅笔，一边说道。

“为什么？”

“什么为什么？真不像你啊，堀川。你想想看，开瓦斯是没问题，但是上吊后要怎么点火啊？如果先点火的话，就没办法上吊了。”

“真的想做的话总是会有办法的。”

“这不是想不想做的问题，就算想做也做不到吧。”

松仓那轮廓深邃的面孔浮现了笑容。

“如果身上着了火，就会把上吊的绳子烧断，这就好像明明要自焚却又跳进水里，让人搞不懂他究竟是想死还是想活……等一下，这么一说，好像也不是完全不可能。”

松仓说得确实有道理，但他那得意扬扬的模样，让我看着很不顺眼。这一个星期，校内最热门的话题就是三年级学生自杀的事，但松仓未免表现得太愉快了。

“别笑成这样，一副事不关己的样子。”

松仓一听就停止了转铅笔的动作。

“真的事不关己的话，我就不会笑了，我才不会做那么失礼的事。”

他面带微笑，又开始转起铅笔。

“今天是别人，明天就是自己。到了明年的这个时候，说不定我或你也会为了某些无奈的事情而想不开。所以这个自杀事件不是事不关己，而是我们自己的事。”

“既然你这么想，怎么还笑得出来？”

“既然是自己的事，也只能笑了。”

是这样吗？但我还是认为连名字都不知道的三年级学生死掉的事没什么好笑的。如果松仓说得对，我没有笑大概就是因为觉得志野（或是北林，或是吴）死掉的事情跟我无关吧。

“要我说的话嘛……”松仓看着我手上的书，露出了更深的笑意，“现在看这种书的人才失礼吧。”

我不高兴地合上叔本华的《论自杀》，把封面朝下放在桌上。

夏季过去了，现在已经是秋天。天高气爽，学校前庭的银杏都变成了金黄色。在大家差不多开始关心离考试还有多久的这个时期，应该有更多人来图书馆自习才对，结果还是和平时一样，只有三四个人。我和松仓并肩坐镇的借书柜台今天还是无人问津。

由于以前的图书委员喜欢把图书馆当成游乐场所，图书馆不适合用来自习或阅读的负面评价依然根深蒂固地流传在校园之中。我看着岩波文库封底不知是壶还是蔬菜的神秘标志，心想，应该试着改善一下现状，此外我也想要转移话题，就对松仓提议说：“来做些图书委员会做的事吧。”

松仓放下自动铅笔，正经八百地点头："我赞成。那么，要做什么？"

中午值班的图书委员已经写完了今天的催讨单，不知道有没有人在看的图书馆通讯的截稿期限也还很远。

"譬如装备吗？"

所谓的装备是指帮新书盖天地章，在书脊贴上标签，包上书膜……也就是把书变成图书馆藏书的一连串工作。但问题是……

"现在又没有新书。"

"是啊。"

既然如此，图书委员现在能做的事就只有……

"……用书名来玩接龙吧。"

松仓沉默了片刻，就说："《傻子的一生》[1]。"

真可恶。

我想不到比较好的书名，正在沉吟时，有个男生走到我的面前："不好意思，可以打扰一下吗？"

那个男生长得很高，看他衣襟上的徽章可知是三年级学生。他没有表情的面孔有些黯淡，眼睛可能是因为睡眠不足而充血，

1 平假名是"あるあほうのいっしょう"。

声音听起来也很含糊，手上拿着学校推荐的书包。我一边思考以“う”开头的书名有没有能让松仓发出惊叹的答案，一边回答：“是。请问有什么需要？”

“我想找本书。”

他含蓄地说道，令我大吃一惊。

找书！这是正统的、暌违已久的图书馆读者啊！我来当图书委员不是因为喜欢看书，只是出于无关紧要的决定，但是能尽到图书委员的本分，令我欣喜不已。我不自觉地用开朗的语气问道：“要找什么书呢？”

那个三年级学生歪着头说：

“我不知道书名。”

没问题，靠着模糊的信息找出书名正是展现图书委员实力的好机会。接着换松仓问道：“你知道那本书看起来是什么样子的吗？比如整体设计或尺寸之类的……”

三年级学生盘着双臂，一脸担心地盯着我们看。我猜他或许觉得向二年级学弟求助有些尴尬，所以想要表现出三年级学生的威严。

“这个嘛……情况有些复杂。如果你们没有其他事情要忙，可以听我说说看吗？”

若说有什么事要忙，也只有用书名来玩接龙而已，所以我们没理由拒绝。

2

三年级学生说自己叫长谷川。

“你们知道香田的事吗？”

我和松仓互看了一眼，松仓的表情似乎在问我“你听过吗”。我反问长谷川学长：“那是谁啊？”

“你们不知道吗？”

他的语气与其说是惊讶，倒不如说是困惑。

“他就是……上周自杀的人啊。”

“哦，哦。”

原来他不姓志野、北林或吴。看来信息是在传话中变了，不过错成这样未免差太多。

“我们知道有一位三年级学生过世了，但是不知道他叫什么名字。”

“哦。”

长谷川学长小小地叹了一口气，像是安心的叹息。

“他姓香田，叫香田努，是个好人。”

长谷川学长口中这样说，语气却有些淡漠。或许长谷川学长和死去的香田学长并没有特别亲密吧……不对，或许就是真正要好的朋友才会这么平淡吧？我也不知道。

“我想要找的是他看过的书。香田经常来这里借书，我想找他看的最后一本书。”

听到那位三年级学生是这乏人问津的图书馆为数不多的读者，本来很遥远的自杀事件好像突然变近了许多。

“你想要看那本书吗？”

我好不容易挤出这句话，长谷川学长苦笑着说：“不是啦，我不太喜欢看全都是字的书。该怎么解释才好呢……”

他喃喃地说着，好一会儿才下定决心。

“我还是从头说起吧。”他说道，“我跟他从上二年级的时候就同班了，我们没有要好到经常聊天，但偶尔还是会说话，在校庆时还曾经共同办活动。香田向来不是活泼的人，我也差不多。我发现他最近不太对劲，没想到他竟然自杀了。该怎么说呢……我刚听到消息的时候还觉得这是假的。”

松仓一直保持沉默。我本来以为他会问“他是怎么死的”，但松仓再怎么样也不会说出这种话，他只是默默地听着。长谷川学长淡淡地继续说：“在他自杀的前一阵子，某天放学后我在教室里看到他。那天夕阳的光线特别强，教室里只有他一个人。他当时正在看书，看到我走进去就微笑了一下，合起书本。”

我们学校的所有教室都是窗户在左边，走廊在右边，而且每间教室的日晒都很强烈。

如果当天的夕阳那么强，长谷川学长应该一开门就会看到香田学长坐在深红色的逆光之中。

“桌上除了书以外，还有类似信纸的纸张，他似乎在写什么东西……自动铅笔也在桌上，所以可能刚写完。说不定他是在练字，他的字漂亮到不像高中生的字。去年校庆时，也是他负责给小册子的封面题字。”

图书馆里也有那本小册子，所以我还有印象。他的字真的比印刷的更漂亮，而且很有个性。

“当时我好像也瞄到了很整齐的字。”

在我的想象之中，只有轮廓的香田学长又加了一项写字很好看的特点。虽然得到了关于他的新信息，但我一想到这个人已经不在世上就开心不起来。

“如果是笔记本也就算了，但是信纸在学校里却很少见，我觉得很奇怪，就问那是什么，香田那家伙只说‘没什么’，就把信纸对折，夹进书里。”

松仓沉吟了起来。长谷川学长没有理会，继续说道：“……过了几天，我就听到他自杀的消息。其实我本来已经忘记信纸的事了，但是想起来以后就再也忘不掉了，我越来越好奇那到底是什么。我觉得那个有可能是遗书，所以很想找出来看看。”

对啊，没听说自杀现场发现了遗书。

“他没有留下遗书吗？”

“好像有吧，我也不太确定。听说是写在他平时使用的笔记本上，那与其说是遗书，更像随手写的东西。”

至今一直保持沉默的松仓突然开口：“你是从哪里听来的？这些事应该只有家属知道吧？”

“我也不清楚。我们班的人都去参加了葬礼，有几个人和香田的家人说过话，可能是在那时听来的吧。”

“哦，哦，去参加葬礼了啊。那我明白了。”

“……也有可能只是人家随便乱讲的，毕竟我没有亲眼见过。可是，就算笔记本上有类似遗书的字句，也不能因此认定那张信纸是遗书啊。”

的确，遗书不像公证遗嘱，要写多少份都行。

“所以我想要找到那本书。你们可以帮忙吗？”

长谷川学长这么说道。

放学后在教室里看到同学在信纸上写了些东西，几天后那人就死了……如果换成是我，一定也会很想找出来看看。可是……

“你觉得夹着那张信纸的书会在这里吗？”

这点还很难说吧。

“你会认为香田学长看的是图书馆的书，有没有什么理由？”

长谷川学长含糊地点头：“那本书上好像贴着贴纸，图书馆的书都贴有贴纸吧？”

贴纸……我突然开始想象书上贴了星星或爱心的闪亮贴纸，真是莫名其妙。我拿起手边的归还书本，指着写了索书号的标签问道：“你是说这个吗？”

“对对对，看起来就像这样。”长谷川学长一边说，一边把书拿起来看。

只凭这一点也无法断定是学校图书馆的书，说不定那是市立图书馆的书，或是因为太破旧而被淘汰的书。话虽如此，最有可能的还是学校图书馆的书。

“哦……上面还写了数字啊。”长谷川学长看着书脊的标签发表感想。

“如果那真的是图书馆的书……”这次换松仓发问，“你为什么会觉得信纸还夹在书里？”

香田学长把信纸夹在书里是为了防止被突然走进教室的长谷川学长看到，那么长谷川学长走了以后，他应该就会把信纸拿出来了，不可能一直夹在书里，就这么归还到图书馆。

“为什么……我只是觉得如果是这样就好了。”

“啊？”

“因为他把信纸夹到书里的动作非常慢。”长谷川学长一边说，一边翻开手上的书，做出夹东西进去的动作。

“说不定他是故意做给我看的，为了让我以后找出来看。”

长谷川学长的动作看起来确实有些刻意，如果香田学长的动作真是这样，确实像有特别的用意。

“我那一天会走进教室只是偶然，所以香田不可能是写给我看的。或许他觉得被谁找到都无所谓，只要把遗书夹在图书馆的书里，迟早有一天会被别人看到……我忍不住这样想。”

我不经意地扫视图书馆。

香田这位三年级学生的事我一点都不清楚，直到不久之前，这个人对我而言比成吉思汗更陌生，就连为他祈求冥福我都觉得做作，不过对长谷川学长而言，香田学长应该是值得吊唁的人吧。这间图书馆的某本书中真的夹着死掉的三年级学生的遗书吗？他真的把最后的想法留在这里，相信有朝一日会被某人看到吗？

说不定真的是这样。

“我知道了。”我稍微挺直腰杆，“我会去找找看的。可是你连书名都不知道……那该怎么找呢？你还记得那本书的样子吗？”

我思索着从尺寸来找应该比较快，但长谷川学长讶异地皱起眉头。

“呃，你有在听我说话吗？”

“有啊……”

他焦躁地摇晃着身子，把手按在柜台上：“简单来说，我要找的是香田借过的书，请你查一下。”

“我都说了我会去找啊。”

“不是啦。”

我的领悟力还不够好。我一心只想着要怎么从几万本书之中找出那一本，没有搞懂长谷川学长想要的是什么。或许是多少被感伤蒙蔽了吧。

相较之下，松仓就冷静多了：“你是想要看他的借书记录吗？”

长谷川学长满意地点头说：“是啊，这样不是简单多了吗？”

我装出笑容说：“这个可能没办法哦。”

我努力地用最婉转的方式来表达，但长谷川学长还是挑起眉毛说：“为什么？你刚才不是答应要帮忙了吗？”

我忍不住仔细打量着长谷川学长的表情，他看起来很不高兴，但是没有半点愧疚，像是没有意识到自己多么无理取闹。这位学长肯定和图书馆很不熟。

“我可以帮忙找书，但我没办法给你看他的借书记录。”

“不可能没有记录吧？一定有吧，不然他没还书的话你要去找谁讨？”

“有是有啦。”

柜台后面有一台旧到不行的台式计算机，旁边连接着条形码扫描器。有学生来借书时，要先扫描每一位学生都有的借书证，然后再扫描书上的条形码，还书时只要扫描书上的条形码就好。借书证号码和学生名字是绑定的，所以如果有人借书不还，图书委员会就会寄催讨单给他。

“难道不能搜索吗？不可能有这种事吧？”

“的确没办法搜索。”

我们图书馆的系统只会显示借书逾期不还的读者名字，别说是搜索了，就连想要查询某人借过哪些书的功能都没有。

“可是，这样的话……不是很不方便吗？”

“我倒不会觉得不方便……除了处理速度比较慢，操作界面不太人性化，还有处理某些功能时光是按个方向键都会宕机。”

长谷川学长哀求似的探出上身：“应该有什么办法吧？拜托你们了，不需要全部告诉我，只要找到他最后看的一本书就好了，应该有某个地方还留着资料吧？”

要说资料被彻底删除了也不太可能，所以或许硬盘的某处还留着资料吧，但这个系统没办法显示出那些资料。硬要找的话或许挖得出来，但是还有比技术问题更麻烦的事。

我还在思考该怎么说比较妥当，松仓就不耐烦地开口了："没办法就是没办法，就算找得到资料也不能给你看。"

啊，他还是说了。果不其然，长谷川学长顿时变了脸色："什么意思？你有那种权限吗？"

"权限……没有吧。"

松仓皱起那张端庄的面孔，一脸厌烦地说："图书馆有图书馆的规矩，谁借了什么书是必须保密的事。你没有听过吗？"

长谷川学长露出疑惑的表情，但嘴上还是回答："我当然知道。"

图书馆的基本原则可以用《图书馆自由宣言》来概括说明，很多图书馆都把这篇文章贴在门口。这篇文章写得十分冠冕堂皇。

宣言中有一句"图书馆会为使用者保守秘密"。只要是和图书馆相关的人，就算是这个冷清校园图书馆的不认真的图书委员，也不能随便泄露使用者的资料。

"可是……"长谷川学长紧咬不放，"那只是大原则吧？现在我们谈的可是跟生死有关的事。难道那种原则会比香田的遗言更重要吗？”

如果让松仓来回答他，事情可能会变得越来越麻烦，所以我抢着回答：“我们不是在讨论哪件事比较重要，总之做不到的事就是做不到。”

此话一出，我也觉得自己很没有说服力。长谷川学长不像是愤怒，而是一副无法接受的样子。

“如果是警察叫你们把资料拿出来，你们要怎么办？就算是为了抓到杀人凶手，你们也会为了遵守规定而拒绝吗？”

这个例子虽然极端，却不是绝无可能，说不定世界上的某处真的发生过这种事。就一般情况而论，《图书馆自由宣言》只不过是一篇自傲的宣言，不可能高过法律。

“如果有搜索令的话或许会给他们看吧。我也不太确定啦。”

“你的意思是叫我拿搜索令来吗？”

“我又没有这样说……”

谈话陷入了僵局。以长谷川学长的立场来看，要找的资料就在眼前的计算机里，对方却坚持不肯帮这个忙，他一定会觉得很不甘心，但是……我还来不及开口，松仓就不高兴地说：“是啦，学长说得没错，就算宣言是这样说的，如果警察真的来请求协助，图书馆也不见得一定会拒绝，管书的老师就先不说了，图书馆长多半是公家指派来的，而且是对图书馆毫无执着的人，当然不可能每个人都会为了守护这个《宣言》不惜和警察发生冲突，顶多回答‘这次是特别通融，请不要说出去’。堀川说得没有错，《宣言》也明文规定若有搜索令就必须提供资料，所以《宣言》也不算是牢不可破的原则。”

我有点讶异，没想到松仓对图书馆的事情这么了解。

长谷川学长的眼睛一下子亮了起来。

“那么……”

“就是因为这样，”松仓不悦地说道，“所以我们更不能给你看。”

松仓轻轻地叹了一口气。

“不管是多么重要的原则，也不可能永远不被打破。所以还能遵守的时候就该尽量遵守才是。学长，我们已经答应帮你找那本书了，所以请你先让我们认真地找找看吧。”

松仓诗门平时总是一副冷眼看尽世事的模样，我并不是说他看不起每一件事，但他似乎不相信人的行为会有多高尚。他刚才说的一番话不太符合他的个性，但又颇有他的风格。长谷川学长被他说得无言以对，眼神游移片刻，才死心地喃喃回答：“你说认真地找，是要怎么找？”

“这个嘛，譬如书的尺寸、颜色、厚度之类，最好是知道书名之中的几个字，我们就能靠着这些条件筛选出可能的结果。”

“筛选啊……”

长谷川学长愕然地环顾着图书馆。里面摆着十几个不知道有几十年历史的木制书柜，浓如焦糖的色彩诉说着时光的痕迹，高处几乎碰到天花板，因为经年累月地添购书籍，每个书柜都塞满了书，几乎没有半点缝隙。清点的成果让我们知道确切的藏书数量，包括未归还的书在内，总共有两万二千五百零七本。

“从这么多的书里面筛选吗？”

“是的。”

为了让学长安心，我又加了一句：“一定会有办法的。”

长谷川学长显然是个喜怒形于色的人。看到他苦涩的表情，我反而充满了斗志。

3

找书的方法有好几种。我不知道学者和研究者查资料的学术方法，但我还是有一些在图书馆找书的经验。或许我没有高明到能让长谷川学长完全放心，但也不至于完全派不上用场。

“你说香田学长放学后在教室里看书，你一走进教室，他就把书合上，对吧？”我慎重地重新确认一次，长谷川学长露出不高兴的表情，像是不明白这些事跟找书有什么关系，但他还是点点头。

“你说不知道书名，是完全不知道吗？就算只看到了一个字也会很有帮助。”

“书名……”长谷川学长沉吟了片刻，说，“……我不太清楚。”

“你没有看到吗？”

“我的视力很好，如果想看一定看得到，只是我当时没有想到要看书名……”

“就算只是模糊的印象也可以。”

学长提着书包盘起手臂想了半天，最后还是叹着气说：“我想起来了，那本书是翻过来的。我一走进教室，香田就合上书，把封面朝下放着，所以我看不到封面。”

松仓在一旁简洁地问道：“你当时看到了什么？”

“你是说那本书吗？我记得好像有条形码。”

条形码啊……

“只有一行条形码吗？”

长谷川学长有点吃惊地喃喃回答：“呃，大概吧……”

然后他的视线盯着我放在柜台上的《论自杀》。这是图书馆的书，封底当然有条形码。

“……不对，不止一个。啊，我想起来了，有三个条形码。”

“三个吗？”

“是啊。”

市面上贩售的书本都有两个条形码，一个是表示价格，另一个是ISBN国际标准书号，也就是书的识别号码，书本要收藏到图书馆的时候还会在封底下侧贴上归档用的条形码，所以总共有三个条形码。不过图书馆的书并非全都是在市面上卖的。

“既然有三个条形码，至少可以确定不是毕业纪念册、校史或通讯录。”

长谷川学长沉默不语，可能是听不懂吧，所以我又继续解释：“这些书不在书店里卖，所以没有条形码。”

“哦，这样啊……光是有没有条形码就能看出这么多东西啊？”

松仓不耐烦地挥着手说：“那些书都是禁止外借的，既然那本书可以借出去，想也知道不是这一类的书。”

“你说的是没错啦。”

“还有更该删除的选项吧。”

我知道松仓要说的是什么，就说：“如果你指的是旧资料，我正要说呢。”

销售用的条形码多半是印在书皮上，但我们图书馆以前都会丢掉书皮，所以书上只有图书馆归档用的一个条形码。

“有箱子的书也是。”

“对啊，这个我倒是忘了。”

若是附箱子的书本，条形码通常只会印在箱子上，图书馆都会丢掉箱子，所以这一类的书也是只有一个条形码。这么一来，占了不少分量的全集也可以排除在外。

长谷川学长自言自语着：“光看条形码的数量就能看出这么多东西啊？”

这只是刚开始呢。

“我们都还没问更基本的事。那本书是什么尺寸？是四六判、新书判，还是文库判？[1]”

“尺寸……这个嘛……四六判。”

“是精装还是平装？或者是仿法式装订[2]？”

“啊，是精装。”

---

1 本图书装帧中，四六判是127mm×188mm，新书判是103mm×182mm，文库判是105mm×148mm。

2 仿法式指的是封面的长和宽比内页多两三厘米，上下和侧边往内折，借以增加封面的强度。

我对松仓小声地说："四六判的精装本啊……范围太大了。"

"如果他说得没错，那事实就是如此了。"

我们要找的书是书店在卖的、四六判的精装本，而且不是禁止外借的书。虽说图书馆里的藏书大多是一般书籍，这样筛选下来还是可以删除几千本。

长谷川学长说他只看到了书的封底。光靠这样还能得到其他信息吗？

"厚度呢？是很厚还是很薄，或是普通？"

"哦，普通吧。"

"封底是什么颜色的？"

"颜色啊……"

学长不知为何犹豫了起来，然后他歪着头说："颜色……颜色……是什么颜色呢？"

"封底有没有什么图案？"

"图案啊……对了，我好像看到上面有些图画。"

我不禁往前倾。如果知道书皮设计，那会是很有帮助的提示。若知道封底是素面、插图、照片，还是图案，以及字体之类的设计风格，搞不好可以一口气把范围缩小至几本书。

"是风景画还是漫画风格的人物画像……"

“我不确定那是不是漫画……”

“是不是有某种标志？有内容简介吗？”

“好像有，但我不太确定。”

“风格是怎样的？是比较朴素的还是很花哨的那种？其实纸质也是重要的线索，但图书馆的书都有包书膜，大概没办法作为参考。除此之外……”

一旁的松仓突然发出轻笑：“堀川，看你说得像连珠炮似的，真像个专业的图书管理员啊。”

他话中隐含的揶揄让我意识到自己的举止。

我刚才是不是表现得很惹人厌啊？明明没有受过专业训练，还在那边口若悬河，像是在炫耀自己从微不足道的经验之中得来的知识。如果认定自己是门外汉而什么都不做只是妄自菲薄，也是逃避责任，但再怎么样，都不会比假装厉害更令人反感。我感觉脸颊发烫，我想我一定脸红了。

“说的也是。”

被人指出这么难堪的事，我当然觉得不舒服，但是能早点发现自己的自以为是，还是很值得感谢的。

“谢谢。”

松仓一听就转开目光。

“不过这也表示你很热心啦。”

长谷川学长的表情不置可否，大概听不懂我们的对话是什么意思吧。

接着他盘着手臂，端起学长的架子说："我记得封底很接近白色，可能是浅蓝色或浅粉色。上面有一个小小的图案，可能是标志，也可能是照片。"

"这样就够了。"

我点点头，此时我仍感觉得到脸颊的火热。

接近白色的浅色，封底有一个小图案。再加上之前的条件，应该可以把范围缩得很小。

我还想再多问一件事。

"香田学长平时喜欢看哪些书？比如小说或是其他类型。"

"小说。"

他第一次回答得这么迅速而果断。

"那家伙看的是小说。他很喜欢看小说，而且都是课本会介绍的古早时代的作家。那天他看的书一定也是小说。"

好一阵子没有任何人开口说话。

香田学长很爱看小说，但他最后却自杀了，所以小说并没有成为这位素未谋面的学长放弃寻死的理由。这个房间里的藏书多达两万本，但还是帮不了他。我有一瞬间感到很无奈。

或者，他就是因为爱看书才会决定寻死？

松仓闷闷地说着："……什么事都有可能发生嘛。"

他这句话是为谁说的？又是为什么事说的？

我开始想象一个三年级学生放学后在教室看小说，桌上摆着信纸和自动铅笔，没过多久长谷川学长就走了进来。

但我的想象却突然被打乱了。小说……他说是小说？

香田学长在教室里看小说。会有这种事吗？他看什么书都无所谓，不过若是小说就很奇怪了。应该不是吧，那天香田学长看的不可能是小说。这么说来……

松仓带着异常开朗的表情站了起来："堀川已经问了很多，但我还有其他想知道的事。不好意思，可以请学长带我们去你们的教室吗？这么一来，应该就能解决问题了。"

长谷川学长讶异地皱起眉毛："我们的教室？去了又能知道什么？和书有关系吗？"

我此时才发现，图书馆里已经没有其他人了。我把"暂时离开"的牌子放在柜台上，跟着站起来。

"的确，现场勘察是很重要的。"

松仓有些意外地睁大了眼睛，然后他微微一笑："是左右的问题，对吧？"

"以及南北的问题。要看是横还是直。"

"这就很难说了。"

长谷川学长焦躁地“哼”了一声，想必是听不懂我们在说什么。

4

我们跟着长谷川学长走在放学后的走廊上。

初中的校园就连放学后也很吵闹，永远都能听到管乐社的练琴声，棒球队、足球队和田径队共享操场的狭小空间，经常能看到男生在打架。

高中的校园就没有那么吵了，尤其是三年级教室所在的二楼更是安静。松仓一副很想说些什么的样子，但他大概担心在这么安静的地方说出来会被长谷川学长听见，所以只是默默地走着。

我大概知道松仓想说的是什么事，他一定是想和我单独讨论香田学长看的那本书，更正确的说法是，他想要确定我们是否想到了同一件事。

“就是这里。”学长停下了脚步。

这里的门和其他教室一样都是横向滑动的拉门。三年级教室和二年级教室的设计应该是一样的，但还是要实际确认过才知道。教室前后各有一扇门这点倒是一样。松仓说：“请学长开门吧。”

长谷川学长不知道是很排斥被二年级学生命令，还是因为刚才被松仓顶嘴所以对他起了反感，总之开门时的动作十分粗鲁。

一打开门就正对着夕阳，由于窗帘拉开着，没有东西可以阻挡阳光。黑板在右手边，上面用粉笔字写着微分方程式。这扇门是教室的前门。我和松仓交换了一个眼神。

教室里还有四个人摊着笔记本在读书，他们瞄了我们一眼，然后没兴趣地低下头去。

“那家伙的位置……”长谷川学长小声地说，“就是那里。最中间一排，从前面数第二个。”

他伸出食指稍稍指了一下座位，仿佛不敢直接说出香田的名字，也不敢大剌剌地指着他的座位。死去的三年级学生的座位就在那边，和其他人的座位毫无二致。

“上面什么东西都没有啊。”松仓自言自语似的说道。

长谷川学长露出嘲讽的笑容说：“本来那里放了花。”然后他凝视着桌子，继续说，“但是看起来太阴森了，而且……会挡到后面的人看黑板，毕竟就快大考了。”

“……要这样说也没错啦。”

如果香田学长的座位在最后一排，或许现在桌上还供着花吧。人都死了还得受命运的操弄，连一朵花也不能供着。

“你们到底是来看什么？”长谷川学长问话的时候，眼睛没有看着我们。

其实我刚走进这间教室就证实了我想知道的事，不过来都来了，还是慎重地彻底调查一下吧。

“最后一次见到香田学长的那天，你一走进教室，香田学长就把信纸夹进了书里，对吧？”

“嗯。”

“他是把封面朝下放？”

“是啊。”

“不好意思，我们可以模拟一次当时的情况吗？”

长谷川学长一副受不了的模样。

“这样就能知道那家伙看的是什么书吗？”

松仓在一旁回答：“一定可以完全弄清楚。”

学长似乎还是不太信服，但他喃喃地说着：“算了，毕竟光靠条形码就能知道那么多事。”他像是在劝自己。

“那我要演谁？”

“学长演自己就好了。至于香田学长……让我来演吧。”

松仓一边说一边走进教室，不过他还是回头问道：“换成旁边的位置可以吗？”

我点点头，他就坐在长谷川学长指出的座位的右边座位上。

“有书吗？”

“啊，对，我应该要带来的。”

话虽如此，但我总不能把《论自杀》带来。虽然已经麻烦学长很多事，我不好意思再要求什么，但这种时候也只能请他帮忙了。

“那个，请问学长有现代日文或古日文课本吗？”

“……找你们帮忙是不是错了？”学长一边抱怨，一边走到教室后方的某个座位，从抽屉里拿出课本。

“拿去吧。”

和我要求的一样，那是古日文的课本。我道谢之后接了过来，迅速地翻一遍，看到书上到处写着歪七扭八的字迹，其中也有乱写的东西，但多半是课堂上抄的笔记。我觉得看得太仔细很没礼貌，所以随便看了一下就把书交给松仓。

“很完美。”松仓一边说，一边从口袋里掏出钱包，拿出一张收据还是什么东西放在桌上，大概是用来当作信纸吧。

我们请学长从开门的时候开始演。

当我们在讨论时，留在教室里的四个人完全不理我们，似乎毫不关心我们在做什么。这是值得庆幸的事情，但也让我觉得有点可怕。他们已经发现了我们在做的事和死去的香田学长有关吗？是因为发现了才刻意装作没看到，还是明明注意到了却根本不在乎？

松仓坐在香田学长隔壁的位置，翻开古日文课本。长谷川学长站在教室前门外面，表情显得有些犹豫，像是不知道该嗤之以鼻，还是该严肃地演。

“麻烦学长了。”

长谷川学长听到信号，就规规矩矩地做出开门的动作，朝松仓走了两三步，然后停下来。松仓抬起头，和长谷川学长四目交会，合上课本。

“大概是这里……”学长说得不太肯定，“我站在这里跟他说话。”

他询问那张信纸是什么东西，而松仓面无表情地拿起纸片，对折之后夹进课本。到此为止，都跟刚才在图书馆里听到的一样。长谷川学长和松仓的距离差不多是两米远，学长站在松仓的右前方，大约两点钟的方向。

“然后呢？”

“哦……然后是……”学长想了一下，然后走到教室后方。

“我去自己的座位上拿书包，然后就离开了。”

“那么请学长演一次。”

学长没有再抱怨，而是乖乖地依言从松仓身边经过，走到自己的座位，做出拿起书包的动作，然后从后门走出教室。

松仓站了起来，我们再次聚集在教室前门。

“谢谢学长。”我把古文课本还给学长。

他一脸胆怯地问道：“你发现什么了吗？”

我还在思索该怎么回答，松仓立刻机灵地说：“那本书的内侧是怎样的？”

“内侧？”

“是花色木棉吗？”

“你在说什么啊？”

如此回答之后，学长又不太肯定地加了一句：“或许吧。”

“继续待在这里会打扰别人读书，我们还是先回图书馆吧。”松仓不等他回答，就转身走开。

5

自杀的三年级学生在死前几天看的是什么书？我们已经有答案了。

放学时间已经过了很久，图书馆里果然一个人都没有。窗外变成了蓝紫色，没有人的房间显得冷清清的。

长谷川学长把书包丢在借书柜台上，轻轻地转动脖子。

“找书还真辛苦，没想到要费这么大的功夫。”

“任何细微的信息都很重要。”

亏我找了这么好的理由，松仓却在一旁插嘴说：“不过一般不会做到这种地步。”

我真想用手肘撞他。松仓的个性本来就不算温和，但他也不是唯恐天下不乱的人，今天却一直表现得剑拔弩张的。听到别人要看借书记录让他这么不开心吗？长谷川学长瞪了松仓一眼就不理他了，转头向我问道：“那你知道了吗？”

“嗯，算是吧。”

不是禁止外借的书，封底印有条形码的在市面销售的书籍，没有附书箱，普通厚度，颜色浅得接近白色，四六判的精装本，封底有一个图案，而且是小说。图书馆里能满足这些条件的书……

“没有。”

“……你说什么？”

“很遗憾，这间图书馆里没有一本书符合学长说的条件，就连市立图书馆里也没有。”

长谷川学长没有生气，而是一脸错愕地喃喃问道：“为什么？”

松仓一边把手靠在柜台上，一边拨着头发说：“因为学长说的话是假的。我从来没看过那样的书，那是不存在于世界上的书，这里当然找不到。”

学长的脸一下子变得通红：“你是说我在骗人？”

我轻松地介入两人之间。

“说骗人太严重了，不过确实没几本书符合学长说的条件。”

“是吗？”

“是的。要解释的话……”松仓拿起还书箱里的一本书，走到附近的桌子边。

“与其用讲的，还不如直接给你看。这是一本普通的小说。”

他拿在手上的是P.G.伍德豪斯的《万能管家吉夫斯》，书脊上贴了标签，封底贴了归档用的条形码。

“这不是精装本，但是没关系。学长，请你依照刚才在教室里模拟的情况站在我的右前方。”

学长照他所说的走过去。

“你说看到了书脊上的标签，所以你认为香田学长看的是从图书馆借出的书，是吧？”

“……是啊。”

“那么标签应该是朝着你。”

松仓把书脊朝向长谷川学长。

“还有，你说看不见封面，但是看到了三个条形码。”

“是啊。”

他让书脊维持同样的方向，把封面转到下方。

“如果照着你的话做，就会变成这样。”

长谷川学长的表情扭曲了。

书本是上下颠倒的。

“你说你走进教室时香田学长本来在看书，然后直接把书合上，既然如此，书不可能是上下颠倒的。”

还书箱里正好有一本《英和辞典》，应该是有人在自习时借用的。我拿着辞典走到松仓身边。

“当书脊朝右、封面朝下的时候，书不一定会上下颠倒。”

我把《英和辞典》放在桌上。虽然封面朝下，但上下并没有颠倒。

“如果是左开本……也就是横式编排的书，照学长所说的条件摆放也不会颠倒。所以我一开始就认定了要找的是横排的书。”

我当时想到几个可能的选项，全都是横排的书，直到听说了香田学长喜欢看的书，这些选项才被排除。

“听到你说香田学长在看的是小说时，我原本的想象就被推翻了。不用我说你也知道，日本的小说通常是竖排。如果是英文之类的外文书当然是横排的，但这里是高中的图书馆，没有原版书。”

松仓接着说：“日本不是没有横排的小说，手机小说和网络小说在出版成书时多半是横排的，还有一些书必须靠着横式书写来表现某些特别的意思，但是数量并不多。”

“香田学长看的是很少见的横排小说吗？还是前提搞错了？我觉得答案应该是后者。”

松仓一听就笑了：“搞错了？听你说得像是不小心弄错似的。我倒认为这是存心骗人的。”

我不这么想。

“骗人？理由呢？”

“我说过了，花色木棉啊。”

他说的“花色木棉”是一则落语故事的名称，内容是说一个贫穷的男人家里遭了小偷，他打算以此为借口请房东宽限他晚点再交房租，所以谎称自己被偷了很多东西。

“那个男人明明没有棉被，却说棉被失窃了，房东问他棉被的内侧是什么样子，他不知道该如何回答，就反问房东的棉被是什么样子，房东说是花色木棉，他回答说‘那我的也是花色木棉’……堀川，你想到什么了吗？”

我什么都没想到。

“正所谓‘当局者迷，旁观者清’，我在旁边一听就听出来了，长谷川学长应该也知道这是什么意思吧？”

学长沉默不语。

“只知道图书馆的书贴有标签，却不知道标签上有数字的人怎么会知道‘四六判’这个词汇？从远处不容易分辨精装书和平装书，但学长立刻答得出那是精装书，这又是为什么？”

……听到这里我就明白了。

“因为是我先说的。”

“没错。因为你问了‘是四六判还是什么’，于是学长回答‘四六判’，因为你问了‘是精装本还是平装本’，于是学长回答‘精装本’。至于三个条形码、浅色封底、中央的图案嘛……你还记得当时柜台上有什么东西吗？”

“有一本岩波文库的书。是因为那本书？”

那本书的封底是白色的，中央有一个不知是萝卜还是壶的图案。因为那是图书馆的书，所以有三个条形码。

“也就是说，学长只是从堀川列出的选项之中挑一个回答，没有列出选项时，就看着柜台上的书回答。如果香田学长放学后看的书真是这副模样，我才觉得意外呢。那是骗人的，堀川，全都是骗人的。”

图书馆里充斥着尴尬的沉默。

松仓耸耸肩，仰望着天花板。

“真不简单呢，遗书是死者最后的想法，企图伪造这种东西未免太可怕了。我虽然不是个善良的人，但也从来没想过要伪造同学的遗书。”

“伪造……”长谷川学长喃喃地说着，脸色从通红变得煞白，他脚步蹒跚地靠近柜台，一副失神的样子。

“你想把讨厌的人写在上面，说都是他害的，然后把遗书偷偷夹进死者最后看的一本书里，接下来只需要假装发现遗书，把那张纸公之于世。你的计划很不错，但我好歹也是个图书委员，看到图书馆的书被拿去作为这种用途，心里也是很不舒服的。你还是放弃这个想法，把你书包里的遗书放到香田学长的鞋柜里吧。”

松仓冷冷地盯着长谷川学长一直带在身边的书包。难道他以为书包里放着长谷川学长伪造的遗书吗？

“你这家伙……”长谷川学长脸色发青，正想要说话。

但我比他更快地开口：“你在说什么啊？不是这样的，松仓，你搞错了哦！”

长谷川学长的确说了谎。他说放学后和香田学长说过话的事应该是子虚乌有，他说香田学长当时在看书，应该也不是真的。这点我和松仓看法一致，但后面就不一样了。

“他说了那么多假话。”松仓以胸有成竹的态度笑着说，“难道你觉得只有遗书是真的吗？”

“是啊，我相信真的有遗书。”

与其继续跟他辩，还不如直接看。

“学长，你应该带着香田学长的遗书吧？”

长谷川学长无力地点头，打开书包，拿出一个白色信封。

“就在这里面。是香田给我的。”

松仓用冰冷的眼神看着那个信封，想必觉得这证明不了什么。就算他的书包里有遗书，也不能确定那是真的还是假的。

“松仓，你说学长想把那封遗书藏在香田学长看过的书里，然后假装无意发现，对吧？”

“是啊。”

“我也是这样想的。在长谷川学长面前说这话不太好意思，但学长对书本真的太不了解了，他打算把遗书藏在香田学长看过的书里，又不知道是哪一本，所以才打算来这里查他的借书记录，结果却被我们拒绝，搞得他也不知道该怎么收手。”

所以他只好继续说谎。

我向低着头、一副不知所措的长谷川学长问道：“学长为什么想把遗书藏在书里？”

“……因为这样比较像香田会做的事。”

松仓“哼”了一声：“好了，堀川，别再陪他演这场闹剧了。我认为他伪造了遗书，而你不这么认为。不管学长再怎么辩解，若是没有让我信服的理由，我还是认定他在说谎。”

“的确是这样。”我点点头，看着学长手中的信封，上面没有写地址，也没有写收件者姓名，整个信封都是白的。

“可以让我们看看里面吗？”

学长断然地回答：“不行！”

“只要拿出来看看就知道了。松仓把你说成这样，你一定也很不甘心吧？”

“当然。但这是香田寄放在我这里的东西，我不能为了证明自己的清白而随便给别人看。”

长谷川学长说得很有道理。既然他不愿意，我们也不能勉强他。我本以为松仓会调侃说他不是不想给我们看而是不能给我们看，但我并没有听到他说这句话。回头一看，松仓的表情非常严肃。他是个聪明人，此时一定发现了自己的疏忽。

“学长刚才说看到香田学长放学后在教室里写了一些东西在信纸上，就算是虚构的，还是让我得知了遗书是手写的。”

“哦，对，是。我本来想象的是用电脑或什么东西打字，没有考虑到笔迹的问题。”

松仓把手按在桌上，继续追问："可是香田学长已经死了一个星期。如果遗书是真的，为什么学长至今都隐瞒着这件事？而且还打算用夹在书里这么迂回的方式公开？你不觉得他拖了一个星期就是为了模仿笔迹吗？"

"我不觉得。刚才向学长借古日文课本的时候我就看到了，他的字写得实在……请恕我失礼……实在不怎么好看。况且香田学长的字迹漂亮到可以帮校庆活动册子写标题，他不可能只花一个星期就学得像吧。"

我思索着长谷川学长何以在同学死后一周都没有公开他的遗书，何以想要谎称遗书是在图书馆的书里发现的。

理由很简单。

"松仓，如果我突然叫你帮我保管遗书，你会怎么办？"

"这……"

"如果我死了，你会直接说出你的手上有这种东西吗？"然后松仓咬着嘴唇，沉默不语。

"若换成是你对我做这种要求，我一定会阻止你，一定会用尽所有办法来说服你改变决定，如果你最后还是决定寻死……"

一声吼叫响彻了图书馆。

"别再说了！"

是长谷川学长。他捂着脸，再一次大喊。

“够了吧，别再说了，我只是叫你们帮我找书而已！可是……可是你们到底在干什么！”

松仓应该也发现了吧。长谷川学长和香田学长不只是普通的同学，而是非常要好的朋友，所以我们一问香田学长喜欢看的书，长谷川学长立刻就回答得出来。

朋友把遗书交给自己保管，自己却没办法阻止朋友自杀，那会是多么沉痛的打击？他要花多少时间才能从罪恶感中恢复过来，开始思考下一步？重新站起来之后，他要怎么处理那封遗书？

他必定不希望别人发现他明知这件事却无法阻止，所以想要假装自己是在无意中发现遗书的吧？

所以他才需要那一周的时间、需要那一本书吧？

但是这些话不该在长谷川学长的面前说出来。学长抓起书包，看都不看我们就冲出了图书馆。

图书馆只剩我们两人时，松仓低声说道：“是啊，堀川，你是对的。”

他轻轻叹了一口气。

“我很不容易相信别人，即使别人说的是真心话，我还是会怀疑他的用意。这点你比我厉害多了，你认真地倾听了学长说的话。我很佩服你……我是说真的。”

然后松仓望着长谷川学长没有关上的门。

“但是……这次的情况有点不妙啊。”

一阵寒意突然袭来。窗外是一片黑夜，秋意已深。

说个故事来听听

1

教职员走的校舍门口旁有一个开着小窗口的房间，我只知道那是教务处，但从来不曾去过。冬日将近的某一天，我去福利社买铝箔包装的绿茶配中午的便当，回来时正好看到松仓诗门从教务处走出来。我只想打个招呼就回教室，但是从来不曾表现过腼腆的松仓却露出了只能形容为腼腆的笑容，让我不禁好奇地停下脚步。松仓那轮廓深邃的脸庞浮现出嘲讽的笑容，转头望着教务处，耸耸肩说："明明是自己叫我午休时间过来，结果我来了他却在吃午餐，还一脸不耐烦地问我'有什么事吗'，真是太不讲理了。"

"真过分。"我只是随口附和，其实我根本不知道他在说什么，"是谁叫你来的？"

松仓又回头瞄了教务处一眼："就是教务处的人啊，我不知道那个人的名字。”

“这样啊。”

松仓有一瞬间没说话，也没有做任何动作，光是这样就让我看出了他的心情。

我很好奇，松仓诗门只不过是普通的二年级学生，区区一个图书委员，为什么午休时间会被叫到教务处？松仓一定也发现我想问这个问题，却什么都没有说。看来他是不想说了，既然如此，我也不是非得问出来不可。我轻轻地抬起拿着铝箔包的手。

“我是来买绿茶的。再见啦。”

我正想结束对话回教室，松仓却用苦笑的语气叫住了我：“我只是觉得说来话长，不是故意要瞒你啦。我是来缴学费的。”

“学费？”

“我的学费是从银行自动扣款的，刚好最近买了一些东西，余额不太够，所以没有扣款，教务处的人就叫我直接来缴。”

“哦。”

“我还以为要解释很久，没想到解释起来还挺快的。”

从小窗口可以看到房间里面有个穿着水手服的人，来缴学费的似乎不止松仓一个人。这所学校是公立学校，学费还算便宜，但是像松仓这样一时手头不便以致银行余额不够的情况还是有可能发生的。我好奇地往小窗口里窥视，结果看到了一张熟悉的面孔。那是已经退出图书委员会的三年级学生——浦上学姐。

浦上学姐是把我们学校的图书馆搞成游乐场所，以致其他学生都不再来的始作俑者之一。她在今年夏天刚开始时，曾经找我和松仓处理一个问题，而我们答应了浦上学姐的请求，解开了一句神秘的话的真相……而且还破坏了学姐的计划。我本来以为学姐会被警察逮捕，既然还能在学校看到她，想必是没事了。

不管怎么说，现在和她撞见可就尴尬了。我看看松仓，他点点头，回答："走吧。"

二年级教室在三楼。我一边爬楼梯，一边问道："学姐说了什么吗？"

"什么嘛，堀川。"松仓用揶揄的语气说，"你还对浦上学姐有兴趣啊？快放弃吧，她是个坏女人。"

"我又没有这样说。"

浦上学姐的确很漂亮，我以前不是没想过要多跟她聊聊，但是那一天发现学姐的企图之后，我就对她失去了兴趣。

"我只是觉得她应该对我们怀恨在心，所以想问你她是不是说了什么挑衅的话。"

“这倒没有。”

穿着室内鞋的一年级学生从楼梯上噔噔地跑下楼梯。贴在楼梯间布告栏的交通安全宣传海报上，有个不知道名字的演员微笑着。我想起了浦上学姐的面容。

“学姐会做出那种事……”

“堀川。”松仓打断了我的话。

“那只是揣测。”

“我什么都还没说呢。”

“那我在此预言，你正要说的话只是揣测。”

“你是预言家吗？”

“那是我将来的梦想，我在小学的毕业作文里也是这么写的。”

我本来想说“学姐会做出那种事该不会是为了学费吧”，那的确只是我的揣测。

我们一起发出干笑，走到三楼之后，就各自回教室了。买饮料花了很多时间，午休只剩十五分钟，不过这已经足以让我扒拉完整个便当了。

2

过了一个星期。

放学后，在图书馆里，我正在做图书委员的杂务——把归还的书本放回架上、写催讨单、面带笑容地帮为数不多的读者办理借书手续。在此期间，松仓只是跷着腿坐在一旁，从容不迫地看报纸。

不对，或许他没在看，因为我每次望去看到的都是第三版的社会新闻，他一次也没有翻页。松仓表现得很异常，他神情恍惚，似乎在思考着什么事，不厌其烦地看着同一页。

秋末的太阳早早就西沉了，从图书馆的窗户看出去，天空渐渐变暗，室内只剩我和松仓两人时，他终于收起报纸，令人火大地说了一句："真闲啊。"

因为图书委员的工作他一件也没有做，所以才会这么闲吧。我很想吐槽他，但又被这场面搞得无言以对。松仓无视我的沉默，大大地伸了个懒腰。

"说个故事来听听吧。"他突然没头没脑地说道。

"什么？"

"说故事啊，什么都行。"

我不禁愣愣地望着松仓。不用说，这是高二的松仓诗门第一次提议讲故事，其实我打从出生到现在，都没听人家这样提议过。我观察着他的表情，想知道他究竟有什么企图，但他就像平时一样露出一副无聊的表情，难道他只要闲着没事都会想要听故事吗？我觉得不太可能，但又不敢肯定，毕竟我在今年春天才认识他，虽然我们共同经历过一些奇怪的事情，但我并不认为自己有多了解他。搞不好他其实是类似柳田国男或格林兄弟的民间故事研究家。

总之，我先反驳说："太突然了。"

松仓整个人靠在椅背上："你需要主题吗？"

"不是这个问题啦。"

"故事基本上都是复仇或寻宝吧？"

"你有没有在听我说话啊？"

"复仇感觉太负面了。我们以寻宝为主题各说一个故事如何？"

看来松仓是真的想听故事。我完全看不出他有什么想法，或是到底有没有任何想法，但他既然这么希望，我也没办法拒绝。寻宝主题有什么可以说的呢？

"那谁先开始？"我这么一问，松仓就微微一笑。

"你愿意说啊？真令我惊讶。"

"原来你是在开玩笑啊？真是这样的话，一点都不好笑。"

“不是啦，我只是很感谢。那就丢硬币来决定顺序吧。”

“硬币？太做作了。”

“猜拳决定会比较好吗？”

“算了，怎样都行啦。那我押背面。”

松仓耸耸肩，从制服口袋拿出一枚十日元的硬币，用手指弹起，然后一把抓住在空中旋转的硬币，打开一看，出现的是平等院凤凰堂的图案。

“是正面。”

“我怎样都无法接受这一面是正面。”

“要抗议就去找造币局吧[1]。我选择后攻，你先开始。”

真头痛。我交叉着手臂思索着该说些什么，松仓露出有些同情的表情说：“讲桃太郎也行啊。”

如果说桃太郎是寻宝故事，那么从桃子里诞生的桃太郎就是为了得到宝物才会去鬼岛，而不是为了打退鬼怪、拯救百姓于水火之中，但这种故事也太稀松平常了吧。

“金银岛也行啊。”

“你说史蒂文森写的《金银岛》吗？我没看过……”

“喂，图书委员！”

1 日本造币局在制作上习惯把印有发行年份的一面定为背面。

“怎么了，图书委员，难道你就看过吗？”

“我看过《新金银岛》。”

那不是手冢治虫的漫画吗？还是江户川乱步的小说？这也太敷衍了。

好啦。

在秋末的放学后对这个奇怪的同学讲“很久很久以前”实在太莫名其妙了，干脆说说自己的老故事吧，虽然我从没告诉过别人那件事。我一边思量着应该不用讲得声情并茂吧，一边淡淡地讲了起来。

“大概在小学二年级的夏天，我和三个亲戚去了市民游泳池。你应该知道，除了一般游泳池之外还有竞赛用的水道和小孩玩的浅水池，我们去的是浅水池。”

松仓顿时睁大眼睛，露出呆滞的表情，大概是没想到我要说的不是民间故事，但他很快就轻轻点头，没有出言讽刺也没有说笑，只是默默地听着。

“那里规定小孩不能单独进去游泳，必须有大人陪我们去。我爸平时很忙，多半不在家，但那天不知道是怎么了，竟是我爸负责带我们去。他虽然长相凶恶，但可能是因为陪着小孩，那天一直是笑嘻嘻的。”

“长相凶恶？”松仓喃喃地说着，一边偷瞄我的脸，“你应该不像你爸爸吧？”

我也知道自己是娃娃脸，大家都说我长得像妈妈。

“跟我去的亲戚都是和我差不多年纪的男生，包含我在内总共四个人。对了，就叫他们瘦竹竿、大嗓门、眼镜仔吧，反正名字一点都不重要。瘦竹竿和大嗓门比我小一岁，眼镜仔和我同年，但他很内向，话又少。我在这群人中间就像老大一样。我们好一阵子都在划水模仿游泳，后来越玩越开心，如今想想，我爸一定不希望我们自由地四处跑，因为他要负责看着我们，如果我们跑来跑去，他就顾不到了。所以我爸想到了一个方法，他把我们叫过去，提议玩一个游戏。他从防水钱包里拿出三枚一百日元的硬币，说要丢在游泳池底，叫我们去找，找到了就是我们的。”

没想到松仓稍微眯起眼睛说：“真怀念，我也玩过呢，好像是找玻璃珠之类的东西。”

“如果是用玻璃珠，后来就不会发生那些事了，只会留下愉快的夏日回忆。”

爸爸会用一百日元的硬币是因为没有其他选择，但是从结果来看，他这个决定实在不好。

“爸爸把硬币丢进水里时，我们都要转过身去。大嗓门的个性有点狡猾，他本来想偷看，但是其他三人当然不会让他这么做。我注意到眼镜仔认真地竖耳倾听，想必是要借着水声来判断我爸把硬币丢在了什么地方，其实我也想到了同样的方法，但我很快就发现这招没用，因为我爸为了不让我们看出来，就到处走来走去，还故意发出水声。”

“真是个好爸爸。”

“是这样吗？算了。总而言之，爸爸说放好了之后，我们就发出欢呼，开始寻宝。我觉得爸爸不可能把硬币放在排水口附近，所以一直找离排水口比较远的地方，两三分钟之后就找到了。过了不久，就听见大嗓门很大声地喊着‘找到了’。”

松仓恍然大悟地点点头：“所以你才叫他大嗓门啊。我还在想为什么呢。”

“就当作伏笔吧。后来我们怎么找都找不到第三枚硬币，最后连爸爸都出马了，他一边找一边说‘应该是在这边啊’，结果还是没找到。”

松仓的脸上浮现出嘲讽的笑容，他一定是猜到结局了，但他什么都没有说。

“我们聚集在游泳池边，大家都觉得没希望了。那时的我很少有钱可以花，一百日元对我来说不是一笔小钱，所以我觉得事情很严重。爸爸盘着手臂，很头痛地看着我们，然后说‘我本来打算，如果找到所有的硬币，就带你们去吃冰激凌呢’。我们一听都兴奋了起来，大家纷纷说着为了吃冰激凌就再找一次吧，一副不惜把游泳池的水放光也要找出来的样子……不，这种说法不太对。”

“有一个人没有跟着兴奋，对吧？”

我笑了。

“嗯，你也猜到了，但不是一个人，而是两个人。我知道一定有人找到了硬币，却藏起来不还给我爸爸。他们三个人都穿着短泳裤，手上也都没有拿东西，但确实有人藏起了宝物……怎么样？你一定猜得出来是谁吧？”

松仓被我一问就耸着肩问道：“这和大嗓门的名字一样留了伏笔吧？”然后他不以为意地说，“一定是眼镜仔。你说他很内向，话又少，大概是因为他听到有冰激凌当奖品，却又什么都不说……不是不说，而是没办法开口，因为硬币就在他的嘴里。”

我拍了几下手：“真厉害。”

“是你的故事说得够公正。”

其实我并没有刻意注意叙事的公正性，但是被他称赞还是让我觉得很激动。被我命名为眼镜仔的那个亲戚在寻宝游戏中找到了硬币，却又不想还给我爸爸，所以就藏在嘴里，打算私吞。眼镜仔住的房子还挺大的，但这不表示他家的经济状况一定好到能让小学二年级的学生自由地花钱。

“那个眼镜仔……”松仓突然问道，“自己把硬币拿出来了吗？”

他问到了我最不想回答的事。

“没有，是我揭穿他把硬币藏在了嘴里，叫他拿出来的。”

“这样啊。”

松仓停顿了一下。

“你爸爸的苦心都白费了呢。”

“……或许吧。”

从游泳池回家以后，爸爸这么对我说：“你找出了藏起硬币的孩子，做得很好。这是你仔细观察、靠着自己想出来的结果，很了不起。次郎真是聪明，爸爸很高兴哦。可是，当时还有亲戚的孩子在场，你直接对他说‘是你把钱藏起来了’真的不太好。次郎，你要懂得将心比心。要是没有其他方法就算了，既然没有必要，还让他在大家面前丢脸，这样他太可怜了。他以后不会再跟你一起玩了哦。”

小学时代的我不太理解爸爸说的话，我觉得是藏起硬币的眼镜仔不好，而我是揭穿他这种恶劣行为的正义使者，为什么反而是我挨骂呢？当时的我很不甘心，还闹了好一阵子脾气。

仔细想想，当时爸爸说如果找到所有的硬币就要请我们吃冰激凌，应该是想要给眼镜仔一个机会吧？如果我们再去找一次游泳池，眼镜仔一定会偷偷吐出硬币，高高举起，假装是现在才找到的，我们也能开开心心地吃冰激凌，留下一段愉快的夏日回忆，而爸爸会事后在私下教育眼镜仔。

那一天，爸爸教了我正确的做法。年幼的我无法理解，说不定我直到现在都还没完全理解。

松仓要求我说故事时，我想到游泳池那件事只不过是想讲一段夏日回忆，结果松仓却发现了我爸爸的计划，还有我毁掉爸爸计划的事。只讲想讲的事还真困难，我不想讲的事被发现了，想讲的事也因此变质了。

我苦笑着拍了一下手。

“真是可喜可贺。我的故事讲完了。”意思就是接下来轮到他讲了。

松仓当然听出了我的意思。明明是他提议要说故事的，他却露出厌烦的表情，盯着天花板好一阵子。

他轻轻叹了一口气，像是想到了什么，就用这句话开头：“很久很久以前……”

“具体来说是六年前，有一个自己做买卖的人。”

没想到他说的是这么近的故事。

“他的生意还算不错，但这种没保障的生意让他有点担心将来，所以他把赚到的现金一点一点地累积起来放在家里……真巧，我讲的也是pool的故事呢[1]。”

“是啊。”

“某一天，他的邻居被闯空门了，虽然损失的钱只有几百日元，但这件事在附近闹得沸沸扬扬，让其他商人很担心家里的现金。后来又发生了三四次闯空门的案件，他越来越害怕，此时有个警察登门拜访，问他有没有看见过附近出现可疑的人，顺便劝他‘如果家里有大量现金，最好换个安全的地方’。他觉得警察说得很有道理，就把家里的所有现金都藏到其他地方了。”

松仓的嗓音低沉又有磁性。他很少威吓别人，但是当他这么做的时候，会有一种高二学生所没有的魄力。我听到他用这种声音说着敬语，莫名地感到愉快。

“几天后，小偷在他家附近闯空门时被逮住了。他知道小偷的身份之后非常惊讶……就是那位警察。藏钱的地方会被发现，都是因为那些人疑神疑鬼地把钱转移到其他地方。小偷从某处听说他存了一笔钱，故意在附近偷些小东西，让他越来越担心，

1 pool除了游泳池以外，还有储存的意思。

又假扮警察直接去劝他换地方藏钱。”

“真是个聪明的小偷。”

“没被抓到才算聪明。”松仓恢复了平时的语气，轻轻地笑了。

“小偷一直在监视这个人的一举一动。虽然他用尽心机，却因无聊的小事被抓了，说聪明反被聪明误还算好听的，其实只是个虎头蛇尾的呆子。”

“无聊的小事是指？”

“这个嘛……我可以继续说下去吗？”

我挥挥手示意他继续说，松仓做作地对我一揖，还干咳了两声。

“好啦，小偷已经抓到了，问题是藏起来的钱。这个自己做买卖的人发现自己被骗了，想要把钱拿回来，但只能说是命运的作弄，他还没把钱拿回来，某天就突然……该怎么说呢……我这么说好了，他就变成天上的星星了。”

我不知道该回答什么。

关于松仓家里的事，我只知道帮他取了“诗门”这个怪名字的是他的父亲，其他的事我一概不知。这并不是什么奇怪的事，我从小学到高二，从来没听过谁在学校谈起家里的详细情况，大家也不是故意绝口不提，而是学校这种小空间实在不适合谈家里的事。

我刚才的故事虽然提到爸爸，但我并不是想讲爸爸的事，只不过是为了讲找不到硬币的故事而不得不提。松仓虽然用第三人称说这个故事，但他显然是在讲自己家的事。突然听到他讲出自家的事，我真不知道该怎么反应。

“别露出那种表情啦。”松仓一脸轻松地笑着说，“我爸的事已经过去很久了……不过这个故事还没有结束。”

他仰望着天花板，用有些自暴自弃的口吻说：“儿子想要找出父亲藏起来的钱，因为继续放在原来的地方，说不定哪天会被别人发现。后来的六年中，儿子绞尽脑汁找遍了所有可以找的地方，也是这个缘故，他对隐藏起来的事物变得特别敏锐。但是他最近认识了一个不收任何酬劳也愿意帮人解决烦恼的怪人，所以经常一不小心就解决了别人的问题。”

冷风从窗帘敞开的窗户溜了进来。

“不过……就算这样，多半还是找不到宝物吧。他觉得东西一定早就被别人偷走了，但是因为没有证据，所以始终无法放弃，直到现在……他还是一直在担心这件事。”

松仓耸耸肩，做了个结尾。

“真是可喜可贺。”

“哪里可喜可贺了？”

听到我这句话，松仓就忍俊不禁地笑出来。

“亏我讲得这么精彩，你应该给些正面一点的反应，至少拍个手吧。”

“还没完结的故事干吗拍手啊？”

“不管你怎么说，这个故事都结束了。”

“是你把主题定为寻宝的。既然要说寻宝的故事，无论这个宝物是跟不上时代的老旧玩具，或是放不下口袋的庞然巨物……”

“或是用蜡笔画的《我的爷爷》？”

“是啊，就算是用蜡笔画的《我的爷爷》，只要没有找到宝物，故事就不算结束。”

松仓把双手交叉放在脑后，微笑着说：“话是这么说，但我已经无计可施了。除了藏钱的人以外，没人知道东西是埋在山里还是沉在河底，再不然就像我猜的一样，早就被人偷走了。”

“有线索吗？”

“我已经找了六年，全都碰壁了。”

松仓放开交叉的双手，举了起来。

“我已经投降了。虽然我还没办法忘掉，但父亲留下的宝物实际上已经是过去的事了。就是觉得事情已经过去了，我才会拿出来讲。”

即使他这样说，听到有个问题连松仓都没办法解决，我就觉得难以释怀。我好歹也是高二的学生，还不至于天真到认为每件悬案都有办法破解，但我就是觉得这种无奈的状况，不应该发生在松仓诗门的身上。

再说……

“如果连你都解决不了，那我就更不可能了。”

松仓用很认真的表情说：“没这回事，你很聪明，你比自己想的更聪明。”

“干吗突然这样说……”

看到我笑了，松仓就皱起眉头。

“我不是在开玩笑。虽然自己夸自己有点那个，但是我对秘密的直觉真的很强，我因此得到不少好处，也因此避开了不少危险。所以每次看到你认真地帮别人解决问题，把一些显然有内情的事揽上身，我就觉得不舒服。”

“我是那么好骗的人吗？”

“不，你这样很普通。因为我是旁观者，才会看得比较清楚，如果我是被骗的对象，我也没有把握一定能看穿。可是你……我不太会说……你就是有办法在相信对方说辞的情况下加以怀疑。你听得懂我的意思吗？”

一点都不懂。我觉得他这句话不像是在夸奖我，或许只是我多心了。

“我想想……那我这么说好了。”松仓低声说道，“我怀疑别人是因为相信人性本恶，我觉得笑着接近我的人全都是骗子，所以会想尽办法去看穿别人的真正用意。但你不是这样，说你相信人性本善好像也不太对，总之你就算听出对方在说谎，还是会相信这些谎言的背后有些重要的东西。”

“你是说我太单纯吗？”

“不是啦。”松仓望向窗户，“我是说你人很好。”

真奇怪。

松仓说我人很好，意思似乎是说他自己不好，但是要我说的话，我觉得他才是个好人呢。松仓把我说得这么好是因为浦上学姐的事、植田的事，还有长谷川学长的事，但我只是没发现真相罢了，而松仓即使知道我被谎话骗得团团转，还是陪着我寻找解决问题的方法。我只不过是拒绝不了别人的请求，松仓才是真正的好人。

我没有说出这些想法，而是说：“你的意思就是我们面对相同的问题会有不同的应对方式，是吧？”

听到我撇开话题，松仓似乎不太愉快，但他想了一下，回答说：“也可以这样说。”

“这么说来，或许我可以在这个让你碰壁的寻宝故事里找到一些新东西。”

“这个……”松仓很难得地欲言又止，转向一旁，“我也不是没有这样期待过啦。”

“那就说定了。”

但松仓似乎还是很尴尬。

“我很感谢你的热心，不过这事可不容易。毕竟线索……”

我抬手制止他说下去，然后指着墙上的时钟。现在已经六点了，图书馆早就该关门了，连离校时间都过了。

“时间到。明天再谈吧。”

松仓合上了正要张开的嘴巴，然后淡淡地回答：

“哦，哦。”

3

我和松仓每周只要值班一天，当天再决定下一次的班表。下一次值班是下周一，所以我们得先决定隔天放学之后要在哪里谈。

“我不想在学校谈。”

松仓会这样想也很合理。不管是在图书馆或哪间教室，只要是在学校就很难避免碰到认识的人，而且在学校里也不太能放心地讨论寻宝的事。

“你有什么好建议吗？”

“我是知道一些地方啦……”

松仓带我去的地方在车站附近，那是一条到处挂着不亮的霓虹灯招牌、充满抽风机和冷气室外机低鸣声的狭窄小巷。我完全不知道附近有这种地方。我小心避开积水，战战兢兢地走着，而松仓跨着大步走着，没有显出半点迷惘。最后我们停在商住混合大楼一楼的焦糖色老旧小门前。

“这里可以吗？”他问道。

我四处张望，却没有看见招牌。

“说什么可不可以……这不是喝酒的地方吗？该不会是小酒家吧？”

他苦笑着回答：“你可以叫它酒吧。别担心，六点之前只是咖啡厅。”

松仓不等我回应就推开门，屈身进入昏暗的店内，我也跟着他走进去。

店里比从外面看起来的样子更宽广，墙上的架子摆满了酒瓶，柜台微弱地反射着灯光。插着鲜艳花朵的花瓶后面有一个头发花白的瘦男人。

“欢迎光临。”他小声地说道。

室内有着香烟的味道，有两个包厢，都是两人座。松仓选了离门口比较远的一个，毫不犹豫地在小小的椅子上坐下。

“怎么了，堀川？坐啊。”

松仓在时髦的美容院里明明是一副如坐针毡的样子，到了酒吧却这么自在，这种落差让我非常在意。虽然这样对松仓有点失礼，但我还是一副不安的模样，小心翼翼地坐下之后仍然频频打量店里的情况。

“要喝咖啡吗？”

“……好啊。”

“别担心，是一般的价格。”

我正在担心这种地方的咖啡会不会特别贵，但松仓一眼就看穿了。他朝着柜台内的男人开朗地喊道：“佐野先生，两杯咖啡。”

“什么嘛，原来你们认识啊？”

“当然，要不然这种店怎么会让一般的高中生进来？”

他说得一副理所当然的样子，但我不禁感到疑惑。包括我在内，大部分的学生都把学校当成全世界，但松仓看到的世界似乎跟我们不一样。

“佐野先生是我爸的朋友，从我小时候起他就很照顾我。”

我往柜台望去，佐野先生发现我在看他，轻轻地点了点头。

“在这里不会被人打扰，很适合谈些偷鸡摸狗的事。”

“我可不打算做什么坏事。快点开始说吧。”

“别急，等咖啡来了再说吧。”

过了一会儿，用小咖啡杯装的咖啡送来了。老板拿着托盘走回柜台，然后对着低调放在酒柜旁边的音响操作片刻，随即听见了细微的吉他声和厚重柔和的男人歌声。

“这是The Ink Spots……”

松仓听到我的喃喃自语就睁大了眼睛：“堀川……你到底几岁啊？”

“你明明也认识他们。”

我们各自喝了一口咖啡。我不会分辨咖啡的好坏，总之喝起来就是普通的咖啡。

“问题是……”松仓放下杯子，开始说道，“我爸不在之后，我们就立刻搬家了。我们把爸爸的东西带了过来，但他的生活很简单，除了衣服以外，几乎没有几样东西。我在六年间检查过那些东西无数次，调查过每一个可能的线索，但什么都没找到。”

我们谈的毕竟是寻宝的话题，我有点担心是不是会被老板听到，不过松仓说得很小声，又有音乐掩盖，应该不会传到柜台吧。说不定老板播放音乐就是为我们着想，让我们说话时不用担心被人听见。

“不过，正如你所说，你看事情的角度和我不太一样，而且我说不定会因为和我爸太熟而忽略了某些事情，或是把某些事想偏了，你的视角或许可以帮我厘清思路。”

“你这么期待反而让我有压力，最好不要觉得我能提供什么帮助。”

“不好意思，我的确是这样想的。你就轻松地听吧。”

松仓打开书包，拿出一本小笔记本。贴着便利贴的那一页以工整的字迹写着一列清单。

“这些是我爸留下的东西。圆珠笔和领带夹这种小东西没有列在里面，但我要先说清楚，我连那些东西都调查过了。”

在昏暗的灯光下，我凝神看着那张清单。

· 钱包（驾照、信用卡、提款卡、保险证明、看病预约卡）

· 随身音乐播放器（没有档案）

· 手机

· 文库本（附书皮。包括水上勉、远藤周作、三浦绫子等人的作品）

· 钥匙圈（家里的钥匙和车钥匙）

· 马克杯、茶杯

· 记事本

“文库本是？”

“上面列出来的三位作家的作品是《饥饿海峡》《海与毒药》和《泥流地带》……都是代表作，完全看不出他的喜好。还有其他几本小说，也有非文学的书籍，但我每一页都翻过，什么都没找到。除了比较旧之外，和书店卖的新书差不多。”

“手机呢？”

“通讯录里都是家人和亲戚的号码，此外还有附近的中餐厅、理发店的号码之类的。”

松仓一定都调查过了，但我还是很在意某些地方。

“全都是私人往来的对象呢。如果是我爸爸的手机，应该也会有生意上的往来对象。”

松仓点点头：“我也觉得很奇怪。或许他把工作往来对象的电话存在其他地方，但我只发现了这一部手机。”

“你应该找过了吧？”

“找得很仔细。”

或许他没有用另一部手机来储存工作往来对象的号码，不然就是把那部手机放在了和我们要找的宝物一样隐秘的地方。

“我不知道该不该问……你说你爸自己做买卖，他开店吗？”

松仓露出犹豫的表情：“我小时候听说他是个推销员。”

“自己做买卖的推销员？有这种职业吗？”

“你问我我也不知道该怎么回答。或许真的有吧。虽然他经常陪我们玩，不过他也常常不在家。”

推销员能卖的东西实在太多了，他卖的可能是丝袜，也可能是古董等艺术品。不管怎么说，既然松仓不知道他爸爸卖的东西，想必也没有能让家人继承的店面吧。

松仓不了解父亲的工作内容并不奇怪，如果叫我解释我爸爸的工作内容，我恐怕也没办法详细地说明，况且他父亲六年前就走了，当时的他只是个小学生。

既然手机找不到线索，该注意的就是另一样东西。

“不用我说你也知道吧……我最在意的是记事本。”

“这是一定的。”

松仓再次打开书包。

“我就知道你会这么说，所以就一起带来了。”

他把一本黑色的记事本放在桌上。

封面是仿皮革的塑胶皮，看起来不像高级货。封面上方有六年前的公元年份，下方有我没见过的烫金标志，此外什么都没写。尺寸差不多和新书判一样，不是很厚。

我本来要伸手，但又缩了回来。

“……可以让我看看吗？”

松仓给了我一个白眼：“到了这个地步，你觉得我会拒绝吗？”

“礼貌上还是该问一声嘛。”

“真客套。请看吧……虽然这也不是我的东西。”

那本记事本和从外表看起来一样轻。

内页几乎全是白纸，有些地方写着潦草的字迹。第一处资料是一月二日的栏位，写的是“拜访古河”。

“古河是我妈的娘家，他新年都会去拜访。”

我奶奶家和外婆家都很远，所以新年时都不会去。

“我觉得新年还是去拜访一下比较好。”

“谁管这些啊！”松仓回答得很干脆。也是啦。

“我爸不太喜欢去我妈的娘家，他在那里连烟都不能抽。”

“真可怜……”

我一边说一边翻页。二月和三月都没有写任何东西，下一处资料出现在四月的页面。我指着潦草的字迹读着：“四月三日，上高地。”

松仓这六年一定反复想过无数次了，他立刻回答：“那天是去远足。当时雪还没融化，弟弟开心得到处跑来跑去，但我只记得很冷。”

“五月二十一日，牙医。”

“从这天开始，我爸大约每十天去一次。”

我翻到后面一看，的确有间隔时间差不多的四次看牙记录。

此时我突然想到一件事，于是又看看松仓的笔记本，上面写着钱包里有看病预约卡。

“钱包里的预约卡就是这家医院的吗？”

“是啊，那是我家附近的医院，那里的治疗非常痛。此外还有日本红十字会的看病卡。”

看牙医和藏钱应该无关吧。他有可能把钱寄放在牙医那里，但是若要寄放在别人家，更可能来找这家店的老板佐野先生。

“八月一日，热海。”

“我们去了海水浴场。那天人很多，还有，滨海小屋卖的玉米很好吃。我没有戴泳镜，所以眼睛很痛，没办法好好游泳。”

“八月十六日，古河。八月十七日到十八日，那须。”

“我们从家里带了帐篷，去过盂兰盆节时顺便露营。那天弟弟晕车很严重，不过还是很愉快，我第一次在户外烤肉。”

后来全都是空白的。

在春假全家一起出去玩，暑假又出去玩了两次。老实说，我还挺羡慕的，我从来没和家人一起露营或去海边玩，能去附近的市民游泳池就不错了。

这就先不管了。记事本上也只写了私事，和手机一样，或许还有另一本工作用的记事本。我想松仓一定也注意到了，但我还是想确认一下。

“没有工作用的记事本吗？”

“我找过了，但没找到。”

果然是这样。

翻过几页空白，十一月三十日的栏位有圆珠笔戳过的痕迹。翻到下一页，在十二月十二日也有同样的记号。

“松仓，你知道这个小点是什么吗？”

松仓凑过来看着记事本，喃喃地说着：“什么东西？”

“没什么吧。”

“或许有某种含义。是秘密吧？”

“没那么了不起，那是我和弟弟的生日。”

我无言以对。

这个父亲一放假就会带孩子上山下海到处去玩，或许在孩子的生日也安排了某些计划吧，但是记事本上什么都没写。

“我可以问一下……你爸是哪一天过世的吗？”

松仓面无表情地回答：“他是八月十九日走的。”

这么说来，松仓六年前的生日那天，他的父亲已经不在了。

The Ink Spots的歌声和钢琴声继续播放。我突然发现佐野先生不在柜台里。我喝口咖啡，稍微休息一下。松仓从我的手上拿走记事本，翻了几页，然后又厌烦地把它放在桌上。

“看出什么了吗？”

算不上看出什么端倪啦，但我有一件事很在意：“你们家经常有户外活动呢。”

“嗯，是啊。”他不以为意地回答。我说的是一眼就能看出来的事实，所以他有这种反应很正常。但我在意的是其他事。

“你外婆家在古河，古河市在茨城县。”

“是啊。”

“远足是去上高地，在长野县。热海在静冈县，那须在栃木县。热海和古河搭电车也能到……你们是怎么去的？”

松仓露出意识到什么的表情。

“……开车去的。上高地不能开车进去，所以我们把车停在附近，改乘公交车。除此之外，都是我爸开车。”

我们住的地方公共交通很方便，家里没有车也不会影响到生活，所以很多家庭都没买车。不过看这本记事本上记录的户外活动地点，松仓家显然有自己的车。

“那辆车现在怎么了？”

“已经变得破破烂烂的了，但我妈还在开。”

“那以前是你爸的车吧？里面有没有什么线索？”

松仓沉沉地靠着椅背，手指在桌上快速地动着。

“我当然有查过，查了很多次，但什么都没找到。”

“……这样啊。”

车子就像是一个房间，若是再大一点，就等于一间房子。我猜想松仓的爸爸可能把工作用的手机和记事本之类的东西放在车上，但松仓早就想到这些事了，他这六年来的调查可不是一事无成。我一想到这里，就沮丧地垂下目光，但我还是不死心地问道：

“你爸的车是辆什么样的车？”

松仓皱紧眉头，显然觉得这个问题一点都不重要。

“只是普通的车，他开的是卡罗拉（COROLLA）。”

我猛然抬头：“……你说卡罗拉？”

“是啊，很普通的四门轿车。那又怎么了？”

我没有回答，而是再次翻开记事本。古河、上高地、热海、那须，松仓提到这些地方时说过了什么？

去古河是拜访亲戚，去上高地是远足，去热海是海水浴，去那须是露营。

此外，松仓刚才说过弟弟晕车晕得很厉害……应该是去那须的时候。

“如果是我搞错的话很抱歉。”

“什么？”

“这件事或许你也调查过了。”

“到底是什么事？快说啊。”

我合起记事本，放在桌上。

“去那须露营的时候，是不是开了另一辆车？”

松仓的表情突然凝固。

“……亏你猜得到。”

果然如此。

“没错，去古河看外公外婆顺便去那须的那次开的是厢型车。你是怎么发现的？”

“没什么大不了的。刚才你不是说从家里带了帐篷去露营，而且还在户外烤肉吗？普通的四门轿车应该装不下这些露营用具吧。”

自从进了这家店以来，松仓第一次露出笑容。

“真的要塞还是塞得下啦，不过你的怀疑很中肯，那次我爸租了一辆很大的厢型车。老实说，在你提起之前我都没想起这件事。可是……”

我知道他想说什么。就算知道松仓的爸爸在六年前为了带全家去露营而租了厢型车，也不能提供寻宝的线索。但我在意的事还没说完。我挥手制止松仓。

“还有下文吗？”

“大概吧。我只是觉得有些事不太对劲。一般来说，车子越大越不容易晕车，但是你弟弟去上高地时可以活蹦乱跳地跑来跑去，去那须时却晕车晕得很严重。说不定只是因为身体状况不好，或是睡眠不足吧……松仓，你有想到什么吗？”

松仓歪着脖子，弯起食指敲敲额头。

“确实有些奇怪。礼门那天刚出门就是一副要死不活的样子，连我也觉得不太舒服。到底是什么事让我不舒服呢？”

“礼门？是你弟弟吗？”

“我爸和我妈那时还吵了起来。他们是在吵什么呢？”

“喂，松仓，你弟的名字怎么写？”

他瞪了我一眼。

“别害我分心啦！是礼仪的礼，和我同一个门啦！给我安静一点！”

我闭口不语。

松仓说我相信人性本善是高估了我，我并不是那么好的人。我只是习惯一想到答案就立刻说出来，完全不会考虑别人的情况，从小到大都是这样，所以和亲戚玩寻宝游戏的时候我没有顾虑到眼镜仔的颜面，寻找自杀三年级学长看的最后一本书时也激怒了长谷川学长，刚才的事也一样，我又不是非得立刻知道他弟弟的名字要怎么写。

“礼门会晕车应该有特别的理由……可恶，到底是什么？不过弄清楚这件事又能怎样……”

松仓一边说，一边注视着桌上的某处。

那是一个圆形的、红底银边的小烟灰缸。我一走进这家店就闻到烟味了，这里当然会有烟灰缸。

“就是这个！”松仓满意地说道，“是香烟，那辆厢型车里有烟味。礼门对气味很敏感，他一上车就很不舒服，所以一直开着窗子。我想起来了，堀川！”

松仓拍了桌子一下，眼睛发亮。

“对了，这就是重点。我爸明明知道弟弟很怕烟味，却……”

“却租了一辆可以抽烟的厢型车。真奇怪。”

“嗯，是啊，我爸应该要租禁烟的厢型车才对……就算那真的是租来的车！”

松仓先前说我的视角或许可以帮他厘清思路，原来他真的想偏了某些事。

“那辆厢型车是我爸的。卡罗拉现在还在，说不定那辆厢型车也还在。”

“有这个可能，而且你爸在当推销员时或许就是把那辆车当成移动的办公室。虽然这只是我的猜测。”

松仓平时总是很冷静，讲话时经常带着揶揄的语气，如今他却在昏暗的灯光下兴奋得脸颊泛红。

“对啊，车上说不定有他工作用的手机和记事本！堀川，你果然厉害！”

我只是把自己觉得不对劲的地方说出来罢了，找到答案的明明是松仓。我虽然这么想，但还是不禁露出微笑。

“如果厢型车还在，你有想到什么吗？”

“嗯……有的。就是……”

他正要说话，店里的音乐突然停止。我回头一看，佐野先生已经回到柜台，指着自己的手表。我从口袋拿出手机一看，已经过了六点。

“不好意思，我还要准备开店。”他用酷酷的嗓音小声地说道。

我们像是被浇了一盆冷水，但这样还不足以浇熄我们的热情，而是让它变得像炭火一样沉静而炽热。松仓可是破除了六年来的偏见，说不定还能找到寻宝的新线索呢！

现在已经是打烊时间，太阳也西沉了。

“明天吧。”松仓强而有力地说。

“明天。”我也点头说道。

4

隔天放学后，我们决定先各自回家一趟。松仓说："我们要去的是住宅区，穿着制服四处闲逛可能会惹上麻烦。"

要这样说的话，穿着制服去酒吧街不是更糟糕吗？算了，我不是不明白他的意思。

"好。那我们要在哪里会合？"

"车站前的书店如何？"

"骑自行车是不是比较好？"

"这个嘛……还是走路比较好，因为不一定有地方停车。今天或许会搞到很晚哦。"

我穿上卡其色棉质长裤、深蓝色衬衫，再套一件灰色毛衣，加上能在夜晚抵御寒意的围巾。裤子右边口袋放了车票夹和少许现金，左边放一支小手电筒，然后就前往我们约好的书店。

现在车站还没到高峰时段，搭电车上学的学生显得很醒目。街灯已经全都亮起，一辆辆公交车从车站开出去。

我和松仓穿便服见面好几次了，还曾经一起在晚上去闹区剪头发。每一次我都觉得，松仓不是个爱打扮的人，但他的便服都很好看。他今天穿的是很简单的素面白衬衫配针织外套和牛仔裤，左肩挂着抽绳束口袋，他神情忧郁地站在书店门口的姿态看起来真是有模有样。我们没有说话，只是朝彼此抬了抬手，松仓率先迈开步伐，我跟在他后面。

我心想，这真是意想不到的发展。今年四月我加入图书委员会，在那里认识了松仓之后，我们一起经历了几件怪事，没有怪事发生时，我们就在图书馆做着平凡的图书委员工作，聊着无聊的话题。我也不知道和他算不算合得来，总之，我们对彼此的了解越来越深入，但我还是感觉得到有一堵无法跨越的墙壁……或者说是鸿沟，而且我们至今还没有去过彼此的家里。

没想到我如今竟会在放学后去找松仓家的宝物。我一方面觉得有趣，另一方面又猜不透我们究竟能走到哪里。松仓自信十足地走着……然后突然停下脚步，以标准姿势往右转，轻松地说道："不对，还是搭公交车去吧。"

我真是搞不懂这家伙。

我们在车站前的公交车站上车，从四线道变成双线道之后再过四站就下车了。我没有搭过这个路线的公交车，当然也不曾来过这个公交车站。我有点担心是不是能顺利回家，所以先去看看马路对面站牌的时刻表，发现这条路线在夜晚每小时也有五班车。其实这点距离要走也不是不行，我对自己的方向感还是挺有自信的。

暮色已深。沿路可以看到电器行、邮局、药局的招牌，但更多的是一般民宅。除了偶尔有车子开过柏油路的声音之外，听不到其他声音。

“真怀念。”松仓喃喃地说道，他把手插在口袋里开始走。光是这句话就足以让我明白状况了。松仓说过父亲过世之后他们就搬家了，这附近应该就是他们以前住的地方。

他一边确认着四处的环境，一边慢慢走。虽说这是他熟悉的地方，但应该有些建筑物是近年才盖的。他好一阵子都走得很慢，像是在对照记忆中的景象，然后突然变得很肯定。

“往这里。”他一边说一边加快脚步。

离开公交车站一段路，就进入了住宅区，围墙和树篱后面清一色都是民宅。路中央没有分隔线，也看不到人影，四周安静得连松仓的运动鞋踩在地上的声音都能听见。走了五分钟之后，松仓在一间没有明显特色的房子前面停住。绵延的围墙缺了一段，形成一个停车的空间，屋顶是纵纹的金属板，墙壁是奶油色的，红色的信箱稍微有些生锈。

“这里是？”

“我以前住的地方。”

这房子说大不大，说小不小，给四口之家住算是绰绰有余了。我毫无依据地想着，松仓住在这里的时候一定笑得更开心吧。停车的空间还挺窄的。

“以前卡罗拉就是停在这里的吧？”

松仓默默地点头。

“这里现在是别人的家。现在似乎没人在，不过要是有人回来就麻烦了。我们走吧。”

说完他又继续走。

刚才的房子里只有停一辆车的空间，如果卡罗拉停在那里，那厢型车要放在哪儿呢？松仓从口袋里拿出一串钥匙。

“这是我爸的钥匙。”

钥匙圈上只挂了一小段皮带，钥匙有两把。这应该就是昨天那张清单上面写的家钥匙和车钥匙。

“我试过用这把钥匙去开家里的那辆卡罗拉。”

“哦？”

“结果打不开，这不是卡罗拉的钥匙。因为都是丰田（TOYOTA）的，所以我一直没有发现。”

松仓把钥匙抛上半空，横向一把抓住，稍微笑了一笑：“我这六年到底都在做什么？”

“有时距离太近反而看不清楚，这也是没办法的。”

“没办法吗？……”他又抛起钥匙，再一次抓住。

“算了，反正我也只有这点能耐。”

松仓把钥匙圈放回口袋，没有看着我，说道：“多亏有你。”

“客气了。”我轻轻地点了点头。

现在松仓正走在六年前住的家附近，那么我们要找的厢型车会在哪里呢？

走了一段路之后，有一个只有饮水处和长椅的小公园。松仓肯定知道这个地方，他没有表现出半点惊喜，在椅子上坐下。

“虽然那辆厢型车是我爸的，但你也看到了，我家放不下那辆车。如果那辆车放在家里，我再怎样也不会忘记……”

看来他还是很在意那件事。这家伙的自尊心还真强。

“但是那次出门露营时，在我印象中爸爸没有去很远的地方拿车，回来的时候也是。我们在露营时有一些玉米没吃完，一回家就立刻拿去煮，才刚煮好爸爸就回来吃了。”

“你的记性还真好。”

“没什么，日记上都写过。”

“你有写日记的习惯？”

“那是暑假作业，你应该知道吧。”

我们小学的暑假作业从不要求我们写日记。我也很难想象松仓认真写日记的模样，没想到这种东西也能派上用场。

“那时是夏天，水很快就煮开了，玉米顶多五分钟就能煮熟，再加上准备盘子之类的，最多也只有十分钟，再保险一点可以当成十五分钟。爸爸在这段时间就停好车回来了。”

“也就是说，厢型车应该停在离你家十五分钟路程的范围内。”

“从我家把车子开到停车场也要花一些时间，所以实际上的范围应该更小。基于这些考量……”

松仓打开束口袋，拿出折起来的纸张。

“你看这个。”

那是两张A4纸，上面印着附近一带的地图，中心点是松仓以前住的房子，有七个地方画了红圈。

“我把走路十分钟能到的停车场都圈出来了。”

“这样啊。”

他的做法很有效率，但我还是有一些疑问。

“松仓，有一个问题我不知道该不该问……”

“什么？”

“我们要找的是你爸的厢型车，而我想问的是……就是那个……你妈不知道那辆车放在哪儿吗？”

松仓神情自若地点头说：“哦。这件事不能问她。”

“是吗？”

“简单说，我不想让我妈知道我在找我爸留下来的钱，因为我不想让她抱着太大的期望。如果不是这样，我昨天不需要带你去佐野先生的店，叫你去我家就行了。”

说的也是。如果是去松仓家，我就不会只能看清单，还能直接看到那些东西。我早该注意到他不这么做一定是有理由的。

从刚才的话听来，我对松仓的妈妈浮现出若干想象，但我决定不要多想。上次我想谈论浦上学姐的事情时，松仓说那都只是揣测，同样的道理，我对松仓的妈妈有什么想象也都只是揣测，想再多也没意义。总而言之，我只要知道寻宝这件事不能问松仓的妈妈任何问题就行了。

所以接下来要做的就是一一调查那七个停车场。

“我明白了，走吧。我们要分头去看吗？”

松仓想了一下。

“还是一起行动吧。和这里有关系的只有我一个，如果有警察来问，我可以说是在找爸爸的车，你自己一个人的话就没有理由了。”

言之有理。松仓的深思熟虑真是让我望尘莫及。

夜空中没有云，月亮在冷风中照耀着。

第一个停车场停着一辆浅灰色的厢型车，松仓一看到就说：“有点眼熟啊。”

“你是说颜色还是款式？”

“颜色。至于款式嘛，坦白说，我不太记得细节了。”

我们要找的厢型车是浅灰色的吗？我应该早点问他的。

“来看看有没有猜中。”松仓轻松地拿出钥匙，插进钥匙孔。

“没有免钥匙启动系统吗？”

“有啊。”

“那只要感应一下不就好了？”

松仓明显露出不耐烦的表情。

“如果感应没有反应，你就相信这不是我们要找的车吗？车子已经六年没开了，机械说不定都有故障了，最后还不是要直接插钥匙来试？”

呃，也是啦。今天老是被松仓比下去，我忍不住轻轻敲了敲自己的脑袋。松仓拔出钥匙，耸耸肩说：

“不行，转不动。”

这辆车只是外表有点像，但并不是我们要找的车。于是我们前往下一个停车场。

虽说松仓六年前住在这附近，但要找到从前没有特别注意过的停车场还是不容易，只见他频频查询地图。道路两旁的每间房子都有各自的风格，但整条街看起来就显得平凡无奇。我看到电线杆上贴着寻猫启事，一边默默祈祷这只猫可以平安归来，一边问松仓说："车子不一定停在月租停车场吧？"

"当然。"松仓回答得很干脆。

他折起地图，接着说："停车的地方不见得是月租停车场，也有可能是停在某一家或某一栋公寓没人在用的停车场，如果是停在路边，那根本无从找起。"

"是这样没错，不过没人能保证那辆车过了六年还在同样的地方吧？"

"的确不能保证。"

后面传来引擎声，我们赶紧躲到路边。从后方驶过来的轻自动车[1]的副驾驶座上有个插着长葱的大购物袋。

"多亏有你的帮忙，才让我发现了意料之外的线索，不过寻宝的事依然是个故事，我从一开始就觉得不一定找得到。"

这不乐观的情况到现在还是没有改变，但我想说的并不是这点。我正想开口解释，但又闭上嘴巴。所谓的寻宝不就是无法保证会有收获吗？若是计较成功概率就太不解风情了。

"好，到了。这是第二个停车场。"

这个停车场里完全没有车，大概是全都开出去了，还没开回来。

1 排气量660cc以下的汽车。

“太好了，省得我们还得去检查。”

“希望落空有什么好高兴的？”

“第三个呢？”

“距离有点远。”

停车场里设有自动贩卖机。我漫不经心地看看里面的商品，发现全都是热饮。我心想原来已经到了这种季节啊。松仓站在我旁边说：“有一点冷。我请你一罐吧，可以用来代替暖宝宝。”

用热饮代替暖宝宝是个不错的提议，但我没理由要他请客。我从口袋里掏出零钱，投入一百五十日元到自动贩卖机里。

“找到宝物以后再让你请吧。”

我没有特别想喝的饮料，所以迟迟无法决定选哪一种。

“那就让我来选吧。”

“哦。交给你了。”

“就这个吧。”

松仓按下了贴着“新产品！”标志的“红绿茶欧蕾”的按钮。

“……我就知道。”

松仓诗门平时有着冷静的判断力，但选择饮料的时候为什么总是这么爱冒险呢？我真是不明白。我接过烫到几乎拿不住的饮料罐，读起红绿茶欧蕾的商品说明。

“上面说是红茶与绿茶奇迹的婚礼呢。”

“牛奶被排除在外了，真可怜。它一定是跟踪狂。”

“应该有更温馨的解释吧？像是介绍人或神父之类的。为什么要给我饮料啊？”

“为了答谢你陪我来寻宝啊。”

“你都是用这种方式来感谢人家的吗？”

“谢谢你，堀川，我很感激。”

“要说这种话之前先挑一下时间地点吧……”

走向第四个停车场时，红绿茶欧蕾已经冷了，我的胸中充满了估计找不到厢型车的绝望心情。

“那个喝起来是什么味道？”

“就是红茶和绿茶混在一起再加上牛奶的味道。”

“好喝吗？”

“你自己去买来喝啊。”

其实我心里想的是“这种东西谁会再买啊”，但我不太高兴，所以就没说出口。

第四个停车场在一座贴了瓷砖的小公寓旁边，比先前看过的三个停车场还大，三面围着水泥围墙，亮着的地方只有入口附近的小路灯，此外就是月光与自动贩卖机和旁边民宅内的灯光，虽然很暗，但还是看得出来里面停了三辆车，而且有一辆是厢型车，但颜色是奶油色。我心想应该不是那辆，但松仓一直盯着那辆车看。

“说不定是那辆。”

“我们要找的是浅灰色的车吧，颜色又不一样。”

“不……”难得松仓尴尬地含糊其词。

“我只记得是近似白色的颜色，搞不好真的是这辆车。”

我心想，这也太随便了吧。不过他毕竟只在六年前搭过这辆车一次，能记得准确无误才奇怪。

先前看过的三个停车场里都有自动贩卖机，这里也不例外，而且自动贩卖机旁边还有垃圾桶。我把剩下的红绿茶欧蕾喝光，将空罐丢进垃圾桶，然后我们一起朝着那辆厢型车走去。

其实我不觉得那是松仓爸爸的车，但我们缓慢的行走速度就像在怂恿心中的期待。靠近一看，我发现那辆车有点脏。从远方就能看出车身沾满灰尘，走近之后发现，就连风挡玻璃都布满了尘埃。

“喂……”

我向松仓叫道，他也僵硬地回答：“嗯，嗯，我知道。那样是没办法上路的。”

有些懒惰的车主就算车子再脏都不在乎，但再怎么懒也不至于不清理风挡玻璃，因为开车时看不清楚前方会很危险，而且清洗起来也不麻烦，只要倒些清洁液再启动雨刷就好了。

这辆奶油色的厢型车连风挡玻璃都这么脏，显然是很久没开了……说不定是六年没开了。

走在我前面几步的松仓哗啦一声掏出钥匙，转过头来。

“说不定真的猜中了。”他轻松地说着，我也笑了。

钥匙插进了驾驶座旁边的钥匙孔。

咔嗒。夜晚的停车场响起了清脆的声音。

5

就算亲眼看到了，我还是不敢相信。锁真的打开了。

我等着伫立在车旁的松仓开口说些什么，但是这位总是自信满满的同学只是站着不动，也没有回头。我按捺不住，就开口叫他：“喂，松仓。”

松仓抓住门把手，终于回头看着我。

“打开了。”

“猜中了吗？”

我的语气有点兴奋，相较之下，松仓还是一样沉稳。

“不，等一下，为了保险起见……”

他又转动钥匙，然后拉拉门把手，这次只听到坚硬的声响。车门没有打开。松仓必定是怀疑驾驶座车门的锁早就坏了，不用钥匙也能打开，但是他的疑惑已经没有了。错不了，这辆奶油色的厢型车就是松仓爸爸的车，而且一直保持着六年前去那须露营时的状态。

我没有料到真的会找到。我换了便服，穿上防寒衣物，跟着松仓来到陌生的住宅区到处找停车场，但我根本一点都不相信能找到那辆车子。一切都只是个故事，我们是为了结束这个故事才来到此处，结果竟然真的找到了。

松仓喃喃地说：“真是吓到我了。”

他的语气不像是惊喜，反而有些愕然。

“原来是这个颜色啊……”

车门大大地敞开。他把头探进车内，然后带着笑意说：“有烟味。”

这辆车除了驾驶座及副驾驶座的两个门以外，还有后座的侧滑门。松仓把后面的门也打开，朝我招手。

“来吧，要开始寻宝了。”

是啊，松仓的最终目标并不是车子，而是爸爸藏起来的财产，虽然我们一直进行得很顺利，但也不见得能得到更进一步的线索。松仓坐进副驾驶座，而我从侧滑门进了后座。的确，即使过了六年，车里依然残留着烟味。

后座只有一条长排座椅，再后面则是载货区。脚下有类似糖果纸的东西，后座摸起来有沙沙的触感，大概是露营回来之后还没机会打扫吧。

“老实说，我松了一口气。”松仓一边翻找着前面的小抽屉，一边说道。

“因为找到了车子吗？”

“不是，是因为车子里的味道并没有很难闻。”

“不好意思，我觉得已经够难闻的了。”

“是这样没错啦，但我本来很担心会有六年前的腐败便当味儿，所以这样还在能接受的范围内。不过……太暗了。”

只靠着路灯和月光来找东西实在不够亮。

“车里的照明灯不会亮吗？”

“天晓得。都六年没用了，不知道还有没有电。我不太想随便动车子里的电器。”

来了，就是现在。我得意扬扬地从口袋里拿出小手电筒。

“我早就想到会有这种情况。”

松仓转过头来，手上拿着一支比我这支更大的手电筒。

“怎么了，堀川？”

“没有，没什么。”

我们同时打开手电筒的开关，刺眼的光芒照亮了车内。我们默默地各自把手电筒移到下巴，往上照着自己的脸，然后又同时作罢。

后来我们沉默地在车内搜寻了好一阵子，本来以为或许可以找到工作用的手机或记事本，不过车上若真有宝物的线索，我们也不知道那是怎样的东西，若说现金就藏在车上也不是完全不可能。我们找了后座那里，以及驾驶座和副驾驶座的踏垫底下，找到了纸巾包、零食包装袋、十日元的硬币、帐篷的组装说明书、火柴、烟蒂等物品。

松仓把抽屉里的东西全都堆到驾驶座上，我瞄了一下，只看到地图、发焰筒、紧急逃生用的破窗器等物品，此外还有各种各样的东西，但是没有哪个东西能让松仓发出欢呼。

我继续搜寻载货区。

后面堆满了东西，但我并没有看到帐篷、烤肉架、钓竿之类的大型物品。备用轮胎占了不少空间，车内附有小挂钩，上面用衣架挂着雨衣和风衣。还有一个小小的冷藏箱，我战战兢兢地靠过去闻，但是没有闻到臭味。

我翻了雨衣的口袋，什么都没找到。然后又摸摸风衣，表面的塑胶皮摸起来有点黏，大概是因年代久远而变质了。风衣的口袋里好像有个小小的东西，好不容易取出来一看，原来是只死掉的土鳖虫。

要打开放了六年的冷藏箱需要一点勇气。我尽可能地伸直手臂，小心翼翼地打开。

“……是果汁啊。”

里面只放了一罐果汁，而且是再普通不过的苹果汁。我正在想，难道小学时代的松仓还没开始挑战奇怪的饮料吗？一看罐子的底部，发现有油性笔写的歪扭字迹“礼门”。这是松仓弟弟的名字。

我转头望向副驾驶座，摇摇手上的果汁。

“松仓，我找到你弟弟的果汁了。”

在黑暗中看不清楚松仓的表情，只听见他用带有笑意的声音说：“那的确是宝物呢，我就带回去吧。不过你怎么知道那是我弟弟的？”

“上面写了名字。诗门和礼门，你们兄弟俩的名字都很洋气呢。”

这次他的语气带着苦涩：“就是说嘛，念起来简直像西蒙和雷蒙。”

“难道不是吗？”

松仓停下动作，回答说：“怎么会呢？不是啦，这是模仿我爸的名字取的。”

“模仿？”

“是啊，我爸、我和礼门加起来是五分之三。”

“什么意思？”

“呃……”

松仓突然变得吞吞吐吐的，好像很后悔讲出这件事。

“没什么。动作快一点，被人发现就麻烦了。”

然后他又默默地做自己的事。

载货区大致找完了，但我没有发现手机或记事本，以及其他任何像是线索的东西。罢了，光是能找到这辆车就已经近乎奇迹了，若是期待找到更多线索，未免想得太美了。

我又用手电筒照了载货区的每个角落，正在确认是否全都检查完毕时，突然发现地板中间有一本书。我刚才明明看过这里很多次，一直没有注意到，此时再看却觉得那本书格外突兀，就算说它是突然从地板冒出来的，我或许都会相信。

那是一本文库本，外面包着纸书皮，看不见封面。我捡起书，正要翻开，却又有些犹豫。如果有人来我的房间玩，擅自打开我丢在床上的书来看，我一定会很不高兴。我对松仓喊道：“我找到一本书，外面包着书皮。”

过了几秒钟，他用僵硬的声音回答：“我也找到了神秘的东西。”

“神秘的东西？”

“等一下，我现在就过去。”

松仓先下车，再从侧滑门进入后座。我也翻过座椅，移动到松仓旁边。我们虽然不是在做亏心事，但还是小心地防止手电筒的光芒照出去，并肩坐在后座。

我先把文库本放在我们两人中间。

“这是在后面找到的。我不好意思直接打开来看，所以给你看看。”

松仓在黑暗中笑了：“你对跟书有关的事还真细腻。”

“讲得好像我对跟书无关的事就一点都不细腻的样子。”

“否命题未必为真。我来看看……”

松仓没有拿起文库本，而是在椅子上把书摊开，用手电筒去照。他一看就讶异地说：“这是松本清张的《零的焦点》。这本书很经典，我也打算找一天来看呢。不过这只是普通的书。”

他一边说一边翻页。

“上面有些污渍……是咖啡吗？”

仔细一看，书页的左下角确实有污渍。我看不出来那是不是咖啡渍，总之应该是某种饮料，纸张也变得皱巴巴的。松仓继续翻页，但我突然很在意一件事。

“等一下，翻回去看看。”

“哦，我也注意到了。”

翻回前几页，就看到了某些类似线索的字句旁边用铅笔画了线。我们又继续找其他画了线的地方，总共找到几十处，都集中在前半本。

“你爸爸看这本书的时候特别认真呢。”

我这么一说，松仓就歪起脑袋。

“真奇怪。我检查过爸爸所有的书，没有一本书里面写过东西。”

“这是推理小说嘛，可能是在推理吧。”

“有这个可能。”

“难道这不是你爸的书吗？”

“应该是他的，这书皮绝对是他自己包的。”

松仓一副无法释怀的样子，拿起书本在眼前摊开来看，然后他皱紧眉头，气愤地把书合上。

“怎么了？”

“真过分，有个名字被圈起来了。”

啊。我立刻明白了那是什么意思。

“是凶手吗？”

“大概吧。害我看到了。这玩意儿是个陷阱，混账！”

松仓好像很不甘心。他平时很少谈论自己的阅读喜好，但我感觉他只会把阅读当成娱乐，没想到，他被人爆料了推理小说的谜底会这么气愤。

“你生气也没用啊，自己的书要怎么写都是人家的自由嘛。”

“是吗？一般人会在自己的书上揭穿推理小说的凶手吗？”

“我可以理解你的心情……”

“真失望，没想到我爸是这样对待书本的。家里的书明明都保存得很好。”

我拿起松仓手中的文库本，摸摸外面的书皮。那张又薄又粗糙的浅褐色纸张紧紧地包住书本。不同出版社的文库本会有些微的尺寸差异，但这本书包得却分毫不差，稍微拉扯也不会脱落。

“……喂，这该不会是二手书吧？”

我这么一说，松仓立刻回答：

“你帮我爸说话我是很高兴啦，我一开始也是这样想的，但是这么破旧的书连二手书店都卖不出去吧。如果是稀有书本，就算糟一点还是会有人买，但松本清张的书一点都不稀有。”

说的也是。

“书的事情就不管了。”

松仓的语气中仍带有怒气，他轻叹一口气，接着嘴角就浮现出平时那种桀骜不驯的笑容。

“那就换我说吧……这东西很值得期待哦。”

他把一个闪亮的银色物品放在座椅上。那是一把钥匙。

整把钥匙都是金属打造的，钥匙齿上有若干“V”形凹痕。我对钥匙的种类了解不多，只看得出这不是一把新钥匙。

“这东西放在驾驶座的遮阳板上面。把东西藏在那里似乎太随便了。”

“意思就是你爸爸没有刻意藏起这个东西？”

“了不起，堀川。我也是这样想的。”

“这是哪里的钥匙呢？”

我说出了理所当然的疑问，松仓笑了一笑，把放在座椅上的钥匙翻了面。握把的部位写了数字。

“502……”

“没错。”

松仓把钥匙拿在手上。

“这个是502号房的钥匙。顺带一提，刚才带你去看过的老家是独栋房子，里面当然没有502号房。我们现在住的是出租公寓，但也不是502号，再说我们搬家的时候我爸已经不在了。”

我注视着这小小的钥匙。松仓带着不像他会有的热情说道：“那么502号房是哪儿来的呢？正如你昨天说的，我爸的私人物品之中都没有与工作相关的东西，这点很不自然，就算没有固定的店面，也应该有个工作场所吧。这个会不会就是工作场所的钥匙呢？宝物一定就在那里。这东西……是货真价实的关键所在。”

松仓的爸爸既然有这把钥匙，他和502号房肯定有关联，但我并没有像松仓那么兴奋。

连家人都不知道这间502号房。要说那是他的工作场所确实有可能，但除此之外，还有许多可能性，譬如……他说不定有另一个家庭。但我没办法把我的猜测说出口，要是说出来，就证实了松仓那句暗指我对于与书无关的事都很不细心的话了。

更重要的是，502号房除了用途之外，还有更大的谜。

“那你知道这间502号房可能在哪里吗？”

松仓没有展现丝毫挫折，面带微笑地回答：“完全不知道。”

“完全……你知道全国总共有多少间502号房吗？”

“想都想不出来。要用费米估算法来算算看吗？”

如果不知道502号房在哪里，就算有钥匙也没用，但松仓仍然开心得像是找到了宝物一样。

我想得到的可能性只有一个。于是我问道：“松仓，你没有对我说谎吧？”

“说谎？”

在手电筒的照射下，松仓的眼神变得锐利了一些。

他之所以表现得如此悠然，我唯一想得到的理由就是他那句“完全不知道502号房在哪里”是骗我的。松仓一定知道这把钥匙要用在什么地方，才藏不住那股兴奋之情。

我等了很久都等不到回应。事实上沉默可能只维持了几秒钟，但我实在按捺不住，正想说些话来打圆场的时候……

“我是不知道你在想什么啦。”松仓直视着我说，“堀川，我不是什么好人，我会说谎，而且有可能真的对你说过谎。但是关于寻宝的事，我没有对你说过谎，以后也不会。”

他的声音低沉而凝重，总是带着讽刺神色的眼睛如今也没有任何隐瞒的意思。

人都会说谎，要伪装语气和眼神应该也不是难事。松仓自己就说过，我很容易被骗，但我现在没有任何理由怀疑他，我相信这个奇怪的同学对我说的是真话。

既然如此，我能说的话就只有一句。

“这样啊。抱歉。”

松仓恢复了平时那种玩笑般的语气。

“哦……我懂了。你一定以为我知道502号房在哪里，却想自己独吞宝藏，对吧？”

我也老实地回答：“前半句是没错，但是独吞什么的，我就没想过了……那我问你，找到一把不知道要用在哪里的钥匙，有什么好高兴的？”

松仓很讶异地睁大了眼睛。

“高兴？你说我吗？”

“或许不能说是高兴，但你确实表现得很兴奋。”

“哦……这样啊，或许吧。”

松仓稍微垂下眼帘。

“理由很简单。我和你都已经过了寻宝的年纪了，对你来说502号房的钥匙只是不知用途的无用之物，而这对我来说却是等了六年才找到的线索，我本来连要找什么东西，甚至连有没有那个东西都不知道，现在找到502号房这个明确目标，已经是截然不同的局面了。”

我多少可以理解，但我现在才发现，嘴上说着那只是故事的松仓原来对寻宝的事这么投入。

“不过，你说得没错，我为这种事开心确实很奇怪。虽然这是很大的发现……但若没有其他线索，这条线索也就断了。”然后他笑了笑，“可是，为了新发现而兴奋却被当成在说谎……喂，堀川，就算是我也会有些难过哦。”

6

一走出车外，秋夜的空气就浸透了我的胸中。路灯的光芒几乎盖住了所有星光，天空能看见的只有月亮和几颗星星。我突然想到，小学时代的松仓在那须看到的是怎样的星空呢？

“往这边。”松仓一边说一边迈出步伐。

夜晚的住宅区可以感觉到人烟，但是一个人都看不到，路上只有我们两个人。我发现我们走的是公交车站的反方向，但我什么都没说，反正若是走错路只要再走回来就好了。

奶油色的厢型车上找不到其他像是线索的东西，我们带走的只有一把小小的钥匙和一本旧书，松仓临走时还先把车门锁上。默默走路的时候，松仓和来时一样抛起钥匙又接住，然后重复着相同的动作，但他这次抛的不是车钥匙，而是502号房的钥匙。看到松仓把玩着那把暂时无用却是唯一线索的钥匙，我感到有些不安。

一路上都是弯曲的道路和歪斜相交的路口，令人很难保持方向感，走到后来看见一片开阔的空间，说是开阔，其实顶多只有十五米见方，在这片铺了柏油的空地的中央围着一道在黑夜里也能看出是绿色的栅栏，栅栏里面是一片映出月亮的黑水。

“这是？”

我问了之后，松仓有点不知所措地回头说：“不知道，可能是个蓄水池，也可能是防止泛滥的调节池。我来这里没有特别的目的，只是因为我以前很喜欢这个地方。不过现在看起来……”

看着这片没有路灯的阴暗空间，他郁闷地说：“真窄。这地方原来有这么狭窄吗？”

松仓沿着栅栏绕着池子走。栅栏上挂着一块金属牌子，上面写着“危险！好孩子绝对不要进来”。文字的颜色几乎都脱落了，好像只有“危险”二字是红色的。

“我很讨厌这块警告牌。”松仓把手插在口袋里，微笑着说。“只要写‘禁止进入’不就好了？若要给小孩子看，就应该写‘不可以进来’，可是他却写‘好孩子不要进来’。我不至于笨到以为这句话是指坏孩子可以进去，但你不觉得这种说法很自以为是吗？”

“嗯，我懂。”

“因为我看这块牌子不顺眼，所以做了个恶作剧。痕迹应该还留着吧……”

松仓一边说，一边蹲在杂草丛生的栅栏边，接着他开心地叫道：“找到了，你来看看。”

我依言走到松仓旁边蹲下，看见铁丝网外面包的塑胶膜破了一块，像是被磨破的。松仓不带半点得意之情，低声说：“这是用锉刀磨的，结果磨不断，应该拿老虎钳的。”

“你想要进去吗？”

“这个嘛，的确有点想，主要还是因为讨厌那块警告牌。与其用那种试探别人的语气警告，还不如开放池子让人自由进入。先设了栅栏又说好孩子不要进去，我觉得这样很不公平。毕竟我当时只是个小学生，你就别计较我缺乏逻辑吧。”

我也很讨厌不公平的事和假装为人着想的表现，但我不会光是因为这样就拿锉刀去破坏铁丝网。以社会观点而言，试图损毁公物的松仓是错的，把不满情绪吞进去的我才是对的，但我还是不禁对松仓感到嫉妒。

松仓站起来，又继续抛起钥匙。

“这个故事算是结束了。”

我也慢慢地起身。

“或许吧。”

“在最后找到了宝藏钥匙，应该是个像样的寻宝故事吧。这把钥匙能打开某个锁，但是没人知道那个锁在哪里，故事就这样完结了。”

“你要去找那个锁吗？”

“耗费一生的时间吗？我好像在哪里看过这种故事。”

“是星新一吧。”

“没错……但我才不要呢。”

他高高地抛起钥匙，我以为他还是会将钥匙接住，没想到他突然挥动手臂，几秒后我听到了“扑通”的水声，水面泛起了涟漪。

我忍不住尖声叫道：“松仓！”

这是宁静的住宅区，我喊得实在太大声了。松仓有点被吓到，急忙左右张望，然后一脸愧疚地把手摊开。我看到写着502的钥匙还在他手上，就长出了一口气。

“抱歉，我是开玩笑的。”

“吓死我了。你到底丢了什么？”

“小石头，我刚才捡来的……真的很抱歉，我没想到你会被吓到。”

是蹲在栅栏旁边的时候捡来的吗？没想到他可以一边聊着往事，一边想出这种恶劣的玩笑，真是个不能忽视的家伙。松仓把钥匙放回口袋，抬头仰望天空，像转移话题似的说道：“我爸也有星新一的书，是《人造美人》（ボッコちゃん）。”

“昨天没听你说过啊。”

“全部列出来太麻烦了，但我可以保证没列在清单上的东西一定不是线索。”

松仓昨天确实说过，他检查过爸爸留下来的每一本书的每一页。

……我还是有点在意。

“松仓。”

“嗯？”

“你说你爸的书都包了书皮，而且上面都没有写东西，除了旧一点之外和书店卖的新书没什么两样，对吧？”

松仓神情苦涩地回答：“是这样，没错。”

“刚才那本《零的焦点》在你手上吧？能不能借我看看？”

松仓一副不感兴趣的样子，但还是从束口袋里拿出文库本。习惯黑暗之后，只靠月光也能看得清楚，书本虽然仔细地包了书皮，但纸张发皱，沾有饮料的痕迹，而且还画了线，最过分的就是圈出了凶手的名字。

松仓说这样的书就连在二手书店也卖不出去，确实有道理，若说书是被松仓的爸爸弄成这样，我怎样都无法相信。我无法忽视包得这么细心的书皮，会在书上费这么多功夫的人怎么想都不可能糟蹋书本。

我突然想到。

“我可以拿下书皮看看吗？”

“随你。”

松仓满不在乎地回答，但我还是慎重地再次询问：“拿下来的时候说不定会弄坏书皮，这样没关系吗？”

毕竟这是他爸亲手做的，所以我才一再确认，松仓却不以为意地挥挥手。既然如此，那我就无须客气了。我小心地试着拆下书皮，但非常难拆，如我所料，最后还是撕破了一点。

拆下书皮之后，封面露了出来。《零的焦点》，松本清张，还有……

松仓的眼神变了："堀川，你早就猜到了吗？"

"没有啦……我只是觉得有这种可能。"

文库本的封面上包了书膜，还贴了一张写着"文仓町立图书馆"的标签，标签上面用油性笔画了斜线。松仓喊道："原来是除籍书！"

图书馆的书会被很多人借去看。

我和松仓都是学校图书馆的图书委员，就连那么一间小图书馆都有形形色色的读者，有爱书的人，有喜欢免费看书的人，也有只是想安安静静地吹冷气的人……每个人对待书本的态度也不尽相同。

有些学生非常珍惜图书馆的书，甚至会先洗去手上的油才翻开书本，也有学生是为了制作压花而跑来借百科全书。有些书还回来的时候还沾着泥巴，仿佛掉进了水坑。因为图书馆的书不是自己的，所以有些人对待书的态度粗暴到像是故意的，这真是个可悲的事实。

我们在厢型车上找到的《零的焦点》，残破到像是被故意破坏的，最奇怪的就是凶手的名字被圈起来这件事。如同松仓所说，没人会在自己的书上揭穿凶手，在已经看过的书上做这种手脚到底有什么意义呢？

当然，要怎么阅读是个人自由，就算真的有人喜欢在看过的书上圈起凶手名字也是他家的事，但我总觉得画圈应该是为了恶搞还没看过这本书的人。如果在车上找到的《零的焦点》是会被很多人看到的书……那么这本或许是图书馆的书。

图书馆的藏书量有限，太老旧或破损太严重的书就要被丢掉，这就是所谓的除籍。有些图书馆还会免费赠送除籍书。

松仓重新打量这本文库本。

“上面没盖天地章。如果有的话，我们立刻就会发现了。”

“每个图书馆的习惯都不同嘛。”

“文仓町立图书馆……我没听过这个地方。”

“我也不知道。”

松仓在回答之时已经掏出手机开始搜索了。有不知道的事就立刻搜索，真是个标准的现代年轻人。

“……找到了，在群马县。以前运输很繁荣，但一直没有铺设铁路，现在是个不到一万人口的空旷市镇。”

松仓的爸爸没有糟蹋书，反而是捡回了被搞得一塌糊涂、被图书馆舍弃的书，还自己包上书皮带在身边。从书放在载货区这点来看，或许他也没有多么珍惜这本书，但松仓不需要这么快就对爸爸感到失望。能够证明这件事让我非常开心。

但松仓像是对爸爸沉冤得雪之事不感兴趣，只是沉默不语。他右手拿着书，左手握着手机，视线没有一个焦点。即使刮着秋末的寒风，他也没有拉紧衣襟或是颤抖，只是静静地想事情。

“怎么了，松仓？”

“我爸……”与其说他在回答我，听起来倒更像是在自言自语，“是从哪里得到这本书的？图书馆的除籍书或许会拿到二手书店去卖，但这种书一定卖不掉。这样看来，八成是直接在图书馆里拿的。他只是路过图书馆时进去看看吗？不对……爸爸爱书的程度应该还不至于跑去逛陌生地方的图书馆，看他的藏书全都是畅销书就知道了。他确实有选书的眼光，品位也不错，但他不是一看到图书馆就会跑进去的人。可是他却拿到了这本除籍书，这么说来……”

我终于明白松仓在想什么了。原来他还没放弃寻宝！

“对啊！就是这样，松仓！你爸经常去文仓町，因为长时间住在那边，才会想到要去图书馆，然后在那里的图书馆得到了这本书。”

松仓朝着兴奋的我轻轻点头。

“是啊。他经常住在那边。那他是住在哪里呢？”

“可能是商务旅馆……”

“我不这么想。”

松仓的手按住口袋。他的口袋里放着钥匙。

“对了！是502号房！”

文仓町没有铁路经过，所以交通应该是以开车为主，松仓爸爸的厢型车可以作为他长期滞留于文仓町的佐证，而且他还有一把不知道要用在哪里的钥匙。

“可是那么小的市镇会有五层楼以上的建筑吗？”

“有，应该有。我不知道文仓町这地方，但爸爸带我出去玩时，我好几次看到一栋盖在农地中央的公寓。爸爸说因为地主不知道该怎么利用那块地，就在别人的劝说之下盖了公寓。”

松仓把手机靠近脸，迅速地搜索。

“堀川，你看，真的有！”

屏幕上显示了不动产公司的网站。GRAND HILL文仓、钢筋水泥……五层楼。

“五层楼的公寓或许不只这一栋，但这市镇不可能会有上千栋五层楼公寓，所以一定查得出来。我要找出文仓町的每一间502号房！这次我一定……”

松仓说到一半就停了下来，接下来他的语气极其冷静，让我不禁怀疑人的感情怎能冷却得这么快。

“不过……挺远的呢。我没办法要求你也一起去。”

的确，那是个没车就去不了的地方，我也想不出来要怎么去。就算解决了交通问题，我也不打算继续奉陪，虽说我已经搭上了船，但这船也开得太远了，远到超乎我的想象。

“是啊，我不会去的，松仓。我不去。”

松仓注视着我：“堀川，事情会有这么大的进展都是因为你，如果光靠我自己，恐怕永远都只能瞪着爸爸的那些东西看。可是……”

“别说了，我们原本都没想过会这么顺利嘛。”

真的是太顺利了，我们在幸运女神的眷顾下不断地靠近目标。我的灵光一闪，再由松仓来延伸，松仓想偏的思路由我来纠正，我们两人合作无间，或许最后真的可以发现宝物。

或许最后真的可以得到宝物。

我早就想过，如果找不到宝物，那我们只是留下一段愉快的故事，某天我或许会很怀念地想起高中二年级的秋天曾经去寻宝。但是，万一真的找到了宝物，这就不只是一段故事了。

如果找到了，那并不是一般概念中的宝物，而是松仓爸爸留下的财产。那或许是成沓的钞票，是一百万，是五百万，还是一千万呢？说不定比这些数字更大。看到那么多的现金，我能若无其事地说出“太好了，松仓，能破解这个谜真愉快，那我先告辞了”吗？难道我不会要求平分，或者至少拿个一成吗？如果我只是恭喜松仓，不开口讨任何东西，我们还能像从前一样一起担任图书委员吗？

我可以想象出寻宝失败的结果，我们大概会说着“果然行不通啊”，然后拿着罐装咖啡干杯，但我对成功完全没有心理准备，如果真能找到宝物，我最好不要在场。

“接下来……”我说道，“是松仓诗门的故事，不是我的。我会在图书馆里等着完结篇。”

或许我无法得知这个故事的结局，无论松仓有没有找到那些钱，那都是松仓家的事，家里的事不适合在学校这个小空间里拿出来讲。

冷风把池里的水吹起涟漪。飘过的云朵遮住了月亮，没了月光，我也看不见松仓了。

“谢谢你，堀川。还有……对不起。”

我在黑夜里只听见了这句话。

吾友啊莫知晓

1

我每到周五都会比较晚睡，周六早上会晚一点起床，但今天起得特别早。我用白米饭和荷包蛋解决了早餐之后，穿上浅绿色衬衫和风衣，把钱包和手机装进包里，在九点半走出家门，骑上自行车。

站前的商住混合大楼里有一些公家机构，最上面两层楼是图书馆。这里交通很方便，但停车场很小，尤其今天是假日，客人一定特别多，如果来得太晚可能就找不到停车位，只能无功而返。若是搭公交车就不用担心停车位的问题，但来回的车费不是小数目，所以最好还是早点骑自行车去。

这是个秋高气爽的日子，把鱼鳞状的卷积云吹向东边的晨风既寒冷又清冽，但因低气压接近，午后可能会下雨。我希望可以赶在下雨之前回家，所以更卖力地蹬着车。

我从车站前抬头仰望那栋混合大楼。这栋大楼由知名的建筑家设计，开放式的空间是一大卖点，建造时用了很多玻璃，所以视野很开阔，灿烂的阳光从整面的玻璃墙照进来，松仓说就是因为这样，所以图书馆的书饱受日晒。既然他知道这事，说明他常来这里了？

我最后一次来这里是因为受浦上学姐之托帮忙解开密码，所以要来调查日本十进分类法。初中的时候我还是经常来的，但是我从今年春天开始当图书委员，经常跑学校的图书馆，自然就比较少地跑市立图书馆了。不过我今天的目标只有来市立图书馆才能达成。

停车场在大楼的地下室，停车费是一百日元，规定是说大楼里的任何机构的使用者可以免费停车，但图书馆的读者不能享受这种优惠。我上初中时觉得这规定很不合理，但是当了图书委员之后，我就明白理由是什么了。来图书馆的人有的是为了借书，有的是为了查资料，有的只是来看报纸，还有的人是因为看准了公共图书馆一定有冷气或暖气才来的，光看图书馆使用者一词根本看不出来是指哪一种人。就是因为这样，所以我若不回家拿住民票[1]就只能乖乖地付停车费了。

1 住民票是一种填有居住地址的注册表。日本法律要求每个居民向地方当局报告其当前住址，以用于税收、国民健康保险或人口普查。

我看着停放好的自行车，开始思考。

松仓的寻宝之行显然有可疑之处。我昨晚怎么想都觉得不可能发生那种事，依照松仓的做法绝不会有所收获，结果却意外地顺利。

我想要知道理由，所以在周六早上跑来图书馆。

这栋设计得充满开放感的大楼连电梯都很开放，我一边看着玻璃外的景象一边缓缓上升。对于有恐高症的爱书人来说，这可能是他们最不想去的图书馆吧。下方街道的一角有个停车场，里面停着各种各样的车辆。

我所谓不可能发生的事，就是指找到松仓爸爸的厢型车这件事，要在松仓查出来的月租停车场里找到这辆车更是不可能。那辆车若是违法停放在河岸之类的不知归谁所有的空地，或是空房子的停车位，就算概率再小，还是有可能找得到的，但若停在月租停车场，就绝对不可能被找到。

当然啦，要租借月租停车场就得付租金。说得具体一点，我从网络上查到那个停车场的租金是每月七千五百日元。既然松仓的爸爸六年前就死了，又何必继续付停车场的租金呢？松仓的妈妈或其他家人早就该去解约了。

事实上，我们却在月租停车场找到了那辆车。我当时就觉得奇怪，冷静下来之后还试着帮忙找理由，说不定停车场主人基于某些原因而联络不上松仓家，或许他一直收不到租金又不敢擅自处置别人的车……但是那辆车即使沾满灰尘，上面却没有停车场贴的催缴单，这又该怎么解释呢？

答案很明显。

一直都有人在付停车场的租金。

那辆厢型车是依照契约每月付租金，合法地停在那个地方的。停车场主人不太可能好心到让一辆没付租金的车留在那里占了六年位置，那么唯一的答案就是有人在继续付租金，而且还一再地续约。

是谁租了停车位？又是为了什么而租的？

关于这个人选，我第一个想到的是松仓的妈妈。或许她在丈夫死后继承了那辆车，并且在持续地付租金。但是她为什么要这样做呢？

如果车子现在还在用，那我就理解了，但是车子的风挡玻璃都脏到看不到路了，载货区里还堆着六年前去露营时使用的东西，怎么看都不像是还在使用的样子。所以我否定了原先的想法。

或许不是还在用，而是为了不久的将来可以使用。也不对，与其持续付六年停车场租金，还不如把车卖掉或报废，等需要的时候再买辆新车。光是拥有车辆就要付税金，所以如果车子没有在开，一定会尽快地处理掉。有什么理由不能处理掉那辆车吗？

有的。

就是钥匙。502号房的钥匙。因为那把钥匙还留在车上的遮阳板里。若是钥匙落入其他人的手中，或是在汽车报废场被压得歪七扭八的，就糟糕了，所以车子才不能被处理掉。

既然只是钥匙的问题，只要把钥匙拿回来不就好了吗？持续租借停车场的人为什么不拿回钥匙、处理掉车子、解除停车场的租赁契约呢？

这么说来，持续租用停车场的人应该不是松仓的妈妈。松仓的妈妈似乎有工作，所以她不可能出于行动不便之类的理由而无法拿回钥匙。续约的时候必须重新确认契约内容，所以也不会是因为不知道车子停在什么地方。由此可见，付租金的人不是松仓的妈妈。

是谁？为什么？……这些问题会有答案吗？

我觉得有。昨晚在停车场找到那辆厢型车之后，我不断地思考，最后想到了一种可能性。

电梯停下，电梯门开启。我看看手机上的时间，开馆时间刚过两分钟。

这间图书馆在设计上采光十分充足，虽然所有窗户都挂了百叶帘，但宽敞的馆内空间还是十分明亮的，才刚开馆就听得到孩子的吵闹声。阅览区里已经有貌似学生的男男女女摊开笔记本温习，报纸、杂志区里几乎坐满了上了年纪的人。以白色为主的装潢让人有些静不下心，不过可能是因为书架上摆满了大量书本，所以让人不太在意。图书馆的地上铺有灰色的地毯。

走进图书馆，左手边就是柜台，柜台上放着“借书”和“还书”的牌子，旁边贴着一张“搜寻服务”的纸张。有个戴眼镜的女人坐在计算机前，她的眼镜圆到让人很好奇那么圆的眼镜是在哪里买的，虽然才刚开馆，她已经是一脸倦怠，仿佛确信不会有人过去找她。我走到那个女人面前说：“不好意思。”

她一点都不惊讶，很平常地回应道：“请问有什么需要？”

“我想查过去的报纸，有办法查吗？”

“多久之前的报纸？”

“六年前。”

“请到楼上，楼梯右手边是旧报区，跟负责人说一声就能查询了。”

我对她行礼道谢。

从楼层中央的透明楼梯上楼之后，我照她的指示往右边走，发现这里一个人都没有。墙边有一个没摆书架的小空间，放着最近的和缩印版的报纸，还有一台非常老旧的计算机。她说的旧报区应该就是这里吧。我找了一下，发现了一位中年男人，得到他的口头允许后，我可以使用计算机。

我坐在旋转椅上，对着计算机，找出搜寻旧报的页面。问题是我该用什么关键字去检索？

松仓说他在寻宝这件事上没有对我说过谎，我也相信他的保证。那么松仓跟我说过什么呢？昨晚我已经列出了清单：

1.有个自己做买卖的人在家放了现金。

2.因为附近发生了多起盗窃案，警察特地来提醒他防范。

3.那个人换了地方藏现金。

4.警察在偷窃时遭到逮捕，被发现是假警察。

5.那个人还没把钱搬回家就过世了。

6.儿子持续调查现金的存放地点。

后来又得知了以下几件事：

7.松仓的爸爸有一辆厢型车。

8.厢型车停放在月租停车场。

9.车子里有钥匙。

如果松仓的故事是真的，那么那个做买卖的人已死的事就是千真万确的。已死的人不可能租停车位，也不可能继续付租金。那么，有谁能做到这些事呢？

有谁没办法拿回钥匙呢？

我想到可以输入松仓爸爸的姓名来检索。光是检索松仓这个姓氏一定会找到很庞大的资料，若是知道他的名字就好了。

松仓诗门和礼门这对兄弟的名字并不是来自西蒙和雷蒙这两个英文名字。“门”这个字是祖父取的，他们兄弟两人的名字是模仿爸爸的名字取的。此外，松仓说过爸爸、他自己和弟弟加起来是“五分之三”。

“门”这个字和松仓爸爸的名字无关，所以有关的当然是“诗”和“礼”。

有什么东西包含了诗和礼，而且总数是五个呢？

在学校确实该认真上课。这是我从世界史的课堂上学到的。《诗经》《礼记》《书经》《易经》，还有另外一本。松仓诗门这名字想必就是取自儒家的主要经典——五经。

《书经》和《易经》不太可能用在人名，所以我在搜寻栏位里输入：

【松仓春秋　盗窃　逮捕】

搜寻结果中有很多包含“文艺春秋”的资料，所以我又加上“-文艺”[1]，但是放眼望去，似乎没有我要找的资料。我觉得自己或许猜错了，但是为了谨慎起见，我还是从关键字中删去“松仓”又检索了一次。

画面中立刻出现了六年前的报道。

本月十九日在东京都八王子市永见，高崎署和县警搜查三课以非法入侵民宅和盗窃罪逮捕了自称是企业顾问的嫌犯奥知春秋（39岁）。该嫌犯被怀疑于六月二日下午两点左右入侵高崎市某民宅偷窃现金五百日元。署内人士表示确有此事。

除了发生于五月至六月的多起类似事件之外，搜查三课认为，该嫌犯也牵涉到六月十八日高崎市某民宅贵重金属被盗（市价七百万日元）的案件，正在进行调查。此外，嫌

1　搜寻时加上减号就能排除含有此关键字的资料。

犯奥知也知道同时期在高崎市有一位男子自称是警察之事，警方将会一并调查。

我早就料到有可能是这样，喉中却还是忍不住发出呻吟。

松仓确实没对我说谎，假警察骗了人以及被逮捕的事都是真的，但他也没有完全说出真话。他虽没有说谎，却故意误导我想到其他地方去。

松仓的爸爸不是已经过世的那个做买卖的人。

而是被逮捕的假警察。

2

如果松仓的父母不是事实婚[1]，那么他的妈妈多半是和丈夫分开之后恢复了旧姓，所以奥知诗门也跟着改名为松仓诗门。

我输入“奥知春秋”“判决”的关键字检索，就看到他因为事先假扮警察去误导受害者的计划性犯罪，再加上职业性入侵民宅、特殊盗窃累犯等罪名被判处八年有期徒刑，检方和律师都没有再提出上诉。

1 没有在国家机关正式登记便以夫妻关系共同生活的婚姻状态。

松仓的父亲被关进了监狱，但是只要有钱，就算在监狱里也可以通过律师去更新停车场的租赁契约，也有办法继续缴纳汽车税金，却不能自己去月租停车场拿回502号房的钥匙。这样的话，我就明白为什么没人开的车过了六年还留在停车场了。

而且松仓误导我的不只是他爸爸的事。

放学后在图书馆，松仓对我说了假警察骗做买卖的人移走现金、在行窃之前被逮捕的故事，事实上并不是这样，当时钱已经被偷走了。那时松仓说“做买卖的人想要把钱拿回来”，钱被人偷走了当然会想拿回来，所以严格说来这并不是谎话，但这种说法根本就是模棱两可的。

松仓要找的宝物其实是他爸爸偷回来的赃物。报纸上提到，那是市价七百万日元的贵重金属。

“为什么……”我正在自言自语时。

“你果然找到真相了，堀川。我一直都有种不祥的预感。”

后面突然有人说话，我吃惊地立刻转身，其实我光听声音就知道那是谁了。站在那边的是穿着质料柔软的衬衫和黑长裤、单手插在口袋里的松仓诗门。

松仓望向我正在用的计算机，屏幕显示了跟奥知春秋的判决有关的报道，所以他一眼就能看出我正在做什么，以及我知道了什么。

“你怎么会在这里！”我因心虚而惊慌不已，尖声叫道，松仓像平时一样耸耸肩。

“简单得很。你怀疑我说的话，要调查就得翻旧报纸，自然会先来图书馆。但是这里的停车场很小，如果要骑自行车来，就得早点来才找得到停车位，若是搭公交车要几点来都无所谓，只是要多花钱。”

完全被他看穿了。我愣住了好一阵子，但这反而让我冷静下来。我指着屏幕，简洁地问道：“这是真的吗？”

松仓回答：“嗯，是真的。”

我不认为报纸的报道会出错，但是听到松仓这么干脆地承认，我反而感到惊讶。松仓贴近屏幕，迅速地看完报道，轻轻叹了一口气。

“我真不希望你知道这些事。每次看你找到线索我都很兴奋，但我也很担心会被你发现真相。我没想到你真的能找到这篇报道。我不是看不起你，堀川，但你比我想的更厉害。你是从哪里发现的？”

“……停车场的租金。”

“停车场……啊！”

松仓闭着眼睛抬头向上。

“是啊，这是当然的。只要想到是谁租了停车位，后面就简单了。嗯？我有跟你说过我爸的名字吗？”

“没有，你没说过。你只说诗门、礼门和你爸的名字加起来是五分之三。”

“光是这样你就猜到我爸的名字了？真了不起。”

松仓捂着嘴低下头，发出笑声：“就连我自己都是上了高中以后才知道自己名字的由来是四书五经呢。真服了你，我投降了。”

他举起双手做出投降的姿势，又笑了出来，接着他正色说道：“我虽没有说谎，但我不觉得这样就能为自己开脱。抱歉，我没有对你说出事情的全部。我想你应该有知道的权利，所以才来找你，能碰到你真是太好了。”

松仓是为了回答我的问题才来图书馆的吗？

“……你想要阻止我吗？”

“可以阻止的话当然是最好的，但我一定阻止不了你吧。”

的确，只要我想查，松仓是不可能阻止我的。

既然他愿意回答，我有好几个问题想问他。我指着屏幕说：“光看报道还不够清楚。事情的经过到底是怎样？”

“其实几乎跟我说的故事一样……故事中的做买卖的人是一个叫印场重郎的老头，他主要在东京经营游走于法律边缘的生意，然后在故乡高崎盖了豪宅。这家伙把一部分赚来的钱藏在豪宅里，我爸不知怎么就发觉了这件事，就设法让他疑神疑鬼，直到偷走钱的时候都还很顺利，但我爸为了让他疑神疑鬼而在到处偷些小钱的过程中出了一次错，结果就被抓了。虽然我爸已经把印场的钱藏了起来，但因为恶劣的计划性犯罪而被判了八年徒刑。我那时还是小学生，警方没有告诉我案情，我妈也从来不提我爸的事，连他待的是哪个监狱都不告诉我。她告诉过我爸爸的假释申请被驳回了，但我知道的也只有这些。”

藏起钱这件事让我无法理解。

“就算他把钱藏起来，被判了民事赔偿之后还不是得把钱拿出来吗？”

假使找不到被偷的钱，也可以向盗窃犯要求同额的赔偿，这样盗窃犯根本没有占到便宜，而且财产若是被扣押的话，连停车场的租金也没办法付了。

松仓稍微笑了一笑：“你真敏锐。这就是这个故事有趣的地方。你不知道也很正常，其实……”

等一下，刚才松仓说印场把一部分赚来的钱藏在家里，意思是……

“哦，因为被偷走的是隐藏财产，所以受害者不能说出有这笔钱吧？”

松仓露出不高兴的表情：“这就是你最不好的地方。别人得意扬扬地讲话时，你就该安静地听嘛。”

“你很想讲吗？抱歉？”

松仓搔搔头。

“也罢，反正就是这么一回事。那些钱要是上得了台面，他自己搞不好也会因为逃税而被逮捕，所以我爸的罪状并不包括偷了印场的钱。珠宝之类的东西必须还回去，但是跟现金相比，那些只是九牛一毛。”

从报道来看，其他受害者被偷的钱只有五百日元，就算他要归还贵重金属、赔偿偷走的钱，也完全无须动用自己的存款。这样我就了解他为什么有钱付停车场的租金了，但我觉得松仓说的话虽然不假，还是有些含混不清的部分。譬如说，印场的隐藏财产连审判时都没有曝光，为什么松仓会知道呢？

“松仓……”

我正要开口，又把话吞了回去。这种事最好还是别问。究竟是松仓的爸爸还是妈妈把事情泄露给他的，事情不是很明显了吗？松仓的妈妈没有继续用奥知这个姓氏，而且绝口不提坐牢的丈夫，可见她应该是想让孩子远离身为罪犯的丈夫。我会想要听松仓详细地解释这些事吗？我已经被拖下水了，该问的事还是得问清楚，但是没必要知道的事还是不要知道太多比较好。

“干吗？”

“没什么……对了。”

我还有更想弄清楚的事，那是一个重点。

“那个印场重郎是怎么死的？”

“我不太记得……好像是癌症吧，他应该超过九十岁了。”松仓犹豫地回答，“那个人的死和盗窃案没有关系。”

松仓爸爸的罪状没有包含伤害或杀人，所以我也觉得两者多半无关，但我非得确认不可。松仓翻着白眼说：“什么嘛，你竟然怀疑这种事？不只是印场，我爸没有伤害过任何人的一根头发。若说印场因为钱被偷走的打击而缩短性命，我是不能完全否定啦，但窃案发生在六年前，而印场是四天前才死的。”

四天前……

我们在学校图书馆说故事是三天前的事。对了，那天松仓没有做图书委员的工作，一直在看报纸。

“报纸上刊出了他的讣告吗？”

他不说话就是默认了。

知道那个案子的受害者过世时，松仓是怎么想的？我现在才知道，那天松仓一直在看的是讣告的版面，等到图书馆快要关门的时候，他就若无其事地和我聊起从前的故事。

如果那天我们没有聊过去的故事，我就不会发现松仓爸爸的任何事情了，松仓应该也希望这样吧。

“……为什么要跟我说？”

我这么一问，松仓就垂下眼帘。

“为什么呢……我也不知道。我过去明明都是独自一人调查，为什么会想要向你求助呢？为了找到那些钱，我什么都愿意做，但我又不想让任何人知道。我之所以会跟你说……”他沉默了一下，像是在整理思绪，“是因为觉得你很可靠呢，还是认定了一定找不到所以说出来也没关系呢？或许两者都有吧。我的心里现在也有两种想法，一种是觉得自己做了蠢事，另一种是很庆幸和你谈了这件事，我也不知道哪一种想法比较强烈。话虽如此，你一定觉得很困扰吧？真是不好意思。”

困扰啊……的确，就算我不知情，还是和赃款扯上了关系，说不定会因此惹上大麻烦。不过我们还没真的找到那笔钱，而且我也不可能在不知情的情况下犯罪。

“不用道歉，没什么好困扰的。我虽然有些惊讶，但也觉得很愉快。”

松仓的表情顿时柔和了许多，或许他也觉得很愉快吧。

在堆满书本的房间之中的这一小块区域，我依然坐在旋转椅上，松仓则单手插在口袋里站着。周六的图书馆应该会很热闹，但或许是因为书本吸收了声音，我们所在的地方非常安静。

挂在窗上的百叶帘没有完全遮住阳光，洒进来的光线落在灰色的地毯上。

我已经知道了很多事，但我还有一件事想弄清楚。

“还有，松仓，我还想再问一个问题。”

松仓默默地等我开口。

“你说市价七百万日元的贵重金属和隐藏财产比起来只是九牛一毛，若是找到了那些钱，你打算怎么办？”

到底是多大一笔巨款才能让七百万日元看起来像九牛一毛？是几千万日元？还是上亿日元？

松仓一动也不动地站在我面前，就像临时被要求表演些什么的戏剧社新成员，只是傻傻地站在原地。

其实沉默只维持了很短的时间。松仓说：“要还给印场的家人。”

我一句话都说不出来，只是把手肘靠在计算机桌上，静静地抬头看着松仓。松仓说过我很好骗，但我再怎么好骗也不会被这句话骗过去。

不知是不是我多心了，松仓的脸似乎有些泛红。他转移视线，然后一脸尴尬地无力笑着。

“我不该说谎的。”

站在我眼前的并不是平时那个笑得桀骜不驯、一副高深莫测的松仓诗门，如今稍微转向一侧，目光游移地思索着措辞的松仓只是个普通的高二学生。

“我不打算拿去花，这是真的。但是……”他嗫嗫地说着，“我爸不在以后，我妈每天从早工作到晚，累到常常呕吐，迟早会撑不住的。我晚上也会去打工，但还是不太好过。”

他说的好过指的应该不是体力吧。

我想起了在教务处前遇到松仓的事。当时松仓是去缴拖欠的学费的。浦上学姐也在教务处，我一看到她就揣测她会做出那种事或许是因为她家境拮据到付不出公立高中的学费。

同样的揣测也可以用在松仓身上。他当时阻止我说下去是因为这样吗？还是说，这也只是我的揣测？

“就算找到那笔钱，我也不打算用。这是当然的。可是明年我弟弟要考高中，我也想继续读大学，想要脱离现在的处境，最好的办法就是一所好大学的招牌。如果我妈病倒了，我也希望有办法让她住院。我不需要天文数字的巨款，只要有个十万日元、一百万日元，就会觉得比较安心了。手边有钱的安心感，以及手边没钱的恐惧感，堀川，你或许无法想象吧？”

“但我看你总是穿着很高级的衬衫，也没省过车钱、饮料钱，或是上美容院的钱啊。”

“没有钱就一定要缩头缩脑地生活吗？”

我不是这个意思。我感到脸颊发烫。松仓的嘴角稍微上扬。

“怎么可以轻易在人前示弱？你记得植田的事吧？那个学弟只不过是有个比较爱惹事的哥哥，就被横濑叫去说了那些话。横濑在找他麻烦时，教职员室里面有哪个人帮他说过话吗？向人示弱就是这种下场。那时我说了一些不太好听的话，其实我很同情他。只是稍微示弱一下，整个生活就变了……对了，告诉你一句我爸给我的教导。”

松仓竖起一根手指，说道：“日子过得越惨，越要穿好衣服。你懂吗？”

……不懂。现在的我是不会懂的。

但是我多多少少可以理解松仓诗门平时总是一副自信满满的样子的原因了。松仓这六年来持续地“寻宝”并不是为了浪漫的梦想，而是有不得不做的理由。既然如此……

“你还要继续找吗？你打算去文仓町吗？”

“当然。”他不假思索地回答。

我也立刻说道：“你要三思。那些钱是……”

“赃款吗？”

我答不出来。松仓仿佛看穿我的犹豫，笑了出来。

“是我把你拖下水的，所以我才会告诉你这些事。你想退出无所谓，老实说，我很庆幸你愿意退出。你不用烦恼我之后会怎么做。别担心，我只是要把那些钱当成护身符，我只是想求个安心。”

我想松仓一定不认为自己在说谎，他真的是这样以为的。我不能理解松仓说的恐惧，但我觉得把不能花的钱留在身边绝不可能让人安心。若是不在乎能不能花，只要看到钱就好，那么住在银行里心情就会比较轻松吗？不可能的。松仓说的话毫无道理。

“你是说你不会动用一分一毫，等到生活稳定之后就全数奉还？你觉得你做得到吗？”

既然知道那是赃款，就算只花了一日元都有可能被当成共犯……不对，光是没有归还这笔钱就已经很危险了。

“我能不能做到，跟你应该无关吧？”

“有的……这跟我有关哦，松仓。”

只有我一人坐着似乎不太对，于是我慢慢地起身。

“金钱的事情我确实不懂。我能不以为意地穿便宜衣服，依照你的说法，这表示我的日子过得并不惨。我不理解即使不能花也想把钱留在身边当护身符的心态，但或许真的有人会这样想吧。我可能真的什么都不懂，也没有资格说什么。”

我们面对面地站立时，松仓比我还高出半头。我听说过他的宽阔肩膀是在游泳班里训练出来的，但不知道他练游泳练到几岁。

“可是，如果今天我爸死了，我也不知道自己明天会变成什么样，说不定到了明年我就会变得卑劣到令现在的我无法想象，所以这和我有关。”

“真愚蠢。这只是假设，而我说的是现在的事。”

“如果我叫你别碰这笔赃款，你一定觉得我是在唱高调吧？不过，松仓，你还记得你对长谷川学长说过的话吗？”

长谷川学长为了找出自杀身亡的朋友最后看的一本书，要求我们调出他的借书记录，而松仓直截了当地拒绝了。他虽然说得很委婉，但态度非常坚决。

“我还记得你是这么说的……‘不管是多么重要的原则，也不可能永远不被打破。所以还能遵守的时候就该尽量地遵守才是。’我也这么觉得，或许我到了某一天就不会再继续坚持这种理想论调，但我现在还是想要多坚持一下。你不能想想其他的方法吗？譬如去薪水比较高的地方打工，或是申请奖学金之类的。”

我不禁想咬紧牙关。松仓一定早就做出决定了，我什么都不能为他做，却企图抢走他想要攀住的蜘蛛丝。可是，我实在不认为那条蜘蛛丝是从极乐世界垂下来的。

“我明明不了解你的处境还说这种话，连我都觉得自己伪善，就算你看不起我也是应该的。就算这样，我还是希望你能……”

可恶，我到底该怎么说才好？松仓诗门，我不希望你走上不能回头的道路啊！

我虽然没办法详尽地表达自己的想法，但还是努力地挤出声音说：“你能继续当个普通的图书委员吗？”

松仓没有回答。

他把手从口袋里抽出来，拨了拨头发，抬头看着天花板，轻轻叹了口气。

然后他无力地笑着说：“……堀川，你真是个好人。”

他又把右手插回口袋。

“我的话全被你套出来了。对了，我是第一次想这样做呢。”松仓没有看着我，而是看着自己的脚边，“谈话结束了。不好意思，请你别把刚才聊的事说出去，如果风声传出去，我就没办法继续上学了。”

这是当然的。就算他没交代，我也不打算公开这件事。

“拜拜啦。”

松仓轻挥左手，转身离开。灰色的地毯吸收了他的脚步声。我朝着他的背影叫道：“嗯，拜拜啦，松仓。下周一图书馆见。”

松仓停下脚步，转过头来，嘴边浮现一抹苦笑。他默默地再次挥手，身影便消失在图书馆的书架之间。

雨下得比天气预报说的更早。不知不觉间，雨水敲打窗户的声音悄悄地充满了整间图书馆。

3

我不知道松仓这个周末是怎么过的。

他去文仓町到处寻找公寓了吗？还是一直忙着打工？或者是用功读书准备应考？说不定他找到了一本好书，看了一整个周末。

我在图书馆检索了印场重郎的名字，他经营的建筑公司被人告过好几次，虽然最后没有被起诉，但他本人曾经因恐吓而被逮捕，也有几次因做假账的事情曝光而被追讨税金。我并没有因此觉得松仓的爸爸是偷走黑心商人赃款的义贼，但还是感到安心了一些，虽说这种心态有点狡猾。

周一放学后，图书馆里进了几本新书。一本是分类号为448的天文地理学书籍，一本是分类号为361的社会学书籍，还有分类号为913的日本小说。我在读者很少的学校图书馆里翻着那些书，检查有没有破损、盖天地章、贴上标签并写上索书号、将它们放进新书的架上、帮读者办理借书、给借书逾期不还的学生写催讨单、写图书馆通讯的文案、列出采购新书的清单、扫去使用者留在桌上的橡皮屑、把归还的书本放回架上。

忙完之后，我撑着脸颊坐在柜台里，听着窗外秋风的声音。

一边听，一边等着我的朋友。

我等得有些生气了。竟然让我等这么久，我已经把所有工作都做完了呢。

首度发表之处

- 913

  小说月刊“SYOSETSU SUBARU”二〇一二年一月号

- Lock on Locker

  小说月刊“SYOSETSU SUBARU”二〇一三年八月号

- 他星期五做了什么？

  小说月刊“SYOSETSU SUBARU”二〇一四年十一月号

- 没有的书

  小说月刊“SYOSETSU SUBARU”二〇一八年八月号

- 说个故事来听听

  小说月刊“SYOSETSU SUBARU”二〇一八年九、十月号

- 吾友啊莫知晓

  首次公开

集结成书时经过增添及修改。

文治
© wénzhì books

更好的阅读

特约监制 潘 良 于 北
产品经理 刘 烁
特约编辑 孙雨晗
营销编辑 金 颖
版权支持 冷 婷 郎彤童
封面设计 少 少
封面图片 绳子的独白

关注我们

官方微博：@文治图书
官方豆瓣：文治图书
联系我们：wenzhibooks@xiron.net.cn

图书在版编目（CIP）数据

书与钥匙的季节 /（日）米泽穗信著；HANA 译. --
成都：四川文艺出版社, 2022.2
ISBN 978-7-5411-6143-8

Ⅰ. ①书… Ⅱ. ①米… ②H… Ⅲ. ①短篇小说－小说集－日本－现代 Ⅳ. ①I313.45

中国版本图书馆CIP 数据核字（2021）第218402 号

版权登记号：图进字 21-2021-327 号

SHU YU YAOSHI DE JIJIE

书与钥匙的季节

〔日〕米泽穗信 著　HANA 译

出 品 人　张庆宁
策划出品　磨铁图书
责任编辑　邓　敏
特约监制　潘　良　于　北
封面设计　少　少
封面图片　绳子的独白
责任校对　汪　平

出版发行　四川文艺出版社（成都市槐树街 2 号）
网　　址　www.scwys.com
电　　话　028-86259287（发行部）　028-86259303（编辑部）
传　　真　028-86259306

邮购地址　成都市槐树街 2 号四川文艺出版社邮购部　610031
印　　刷　三河市冀华印务有限公司
成品尺寸　145mm × 210mm　　开　　本　32 开
印　　张　9.5　　字　　数　170 千
版　　次　2022 年 2 月第一版　　印　　次　2022 年 2 月第一次印刷
书　　号　ISBN 978-7-5411-6143-8
定　　价　48.00 元